밀림의 연인들

안전가옥 쇼-트 18
김달리 경장편

STAGE. 1

고다미

내 남편이 바람을 피우는 것 같다. 아니, 바람을 피운다. 여자의 흔적을 찾으려 남편의 서재를 뒤졌다. 회사에서나 집에서나 종일 '밀림'을 켜고, 햅틱 장갑을 끼고 노는 게 일인 남편의 서재는 막 이사를 왔다고 해도 믿을 만큼 휑하고 물건이라 할 만한 게 거의 없다. 게임을 즐기기 위한 공간과 리클라이너 소파, 5단 원목 서랍장이 전부다. 나와 달리 남편은 모든 것을 메타버스라는 가상에서 처리하길 좋아한다. 친목, 쇼핑, 심지어 섹스도.

5단 원목 서랍장 위에는 활짝 웃고 있는 내 사진이 A4 사이즈로 프린트되어 액자에 담겨 있다. 사진 속 그녀는 탐스러운 갈색 머리에 검은색 베레모를 썼고, 누구와 눈을 마주치든 "안녕, 좋은 하루!" 하고 말을 걸어 올 것처럼 밝다. 스물여섯의 고다미.

STAGE. 1

우리는 사귀기 시작한 지 얼마 안 돼 함께 3주 동안 유럽 여행을 떠났다. 한창 고전영화를 탐닉하던 석영은 〈비포 선라이즈〉의 무드에 빠져 있었다. 그때의 석영은 에단 호크보다 잘생긴 얼굴을 하고 온갖 로맨틱한 말들로 귓가를 간지럽혔다. 우리는 딱딱한 콘크리트 바닥을 2만 보씩 걷고 길가에서 시도 때도 없이 서로의 침을 섞었다.

여행 마지막 날, 부다페스트의 야경을 바라보며 그는 야외 섹스를 하고 싶다고 말했다. 나는 미리 감상한 〈비포 선라이즈〉의 한 장면처럼 그의 요구를 자연스럽게 받아들였다. 인적 드문 공원에서 담요 한 장을 내 허리에 두른 채 그는 서툴게 몸을 움직였다. 나는 가을바람에 숲이 몸서리를 칠 때마다 누군가 우리에게 손전등을 비출 것 같은 불안 때문에 집중하지 못했다. 아무리 외국이라도 카메라가 천지인 세상에서 야외 섹스는 환상적인 옵션이 아니었다.

솔직히 그건 휴대폰이 없어서 공중전화를 찾으러 다니던 옛 시절에나 해 볼 법했다. 그에게 나의 불안이 전이됐는지 그의 절정은 늦게 찾아왔다. 오르가즘을 느끼긴커녕, 나는 그가 빨리 끝내 주길 기다리며 다시는 이런 더러운 짓은 하지 않겠다고 다짐했다.

물티슈 한 장 챙겨 오지 않은 그의 무신경함에

아연해진 나는 흙먼지를 뒤집어쓴 몸을 당장 씻고 싶었다. 호텔로 가자. 내 말에 석영은 야외 섹스에 대한 환상이 깨져서 슬픈 얼굴로 말했다. 우리는 이미 체크아웃을 했어, 두 시간 뒤에 비행기 타야 해. 신용카드도 잃어버렸고.

비행기는 언제나 있어, 바보야. 그때까지 나는 잡티 하나 없는 깨끗한 얼굴을 하고 언제나 톰 포드 향수와 6개월씩 기다려야 하는 수제 구두만을 고집하는 석영이 나와 비슷한 환경에서 나고 자란 사람인 줄 알았다. 이 여행을 나와 함께 오기 위해 몇 달 동안 흙먼지가 날리는 창고에서 물건을 실어 나르고, 부작용이 올지 모르는 임상실험에 참가해 피를 뽑는 일을 했다는 걸 몰랐다. 성곽 뒤에 위치한 힐튼 호텔에 가려고 하자, 그는 내 팔을 붙잡으며 말했다.

"다미야. 카드 분실했다는 거 거짓말이야. 돈을 다 썼어."

그의 말이 동유럽의 쌀쌀한 공기에 실려 싸늘히 전해졌다.

석영은 내 눈을 제대로 마주치지 못하는 채로 내 어깨 너머 어딘가를 바라보고 있었는데, 그 순간 나는 그가 정말 에단 호크인 것 같다고 느꼈다. 젊고 쓸쓸하며 빈털터리인 처지마저 멋으로 포장할 수 있는 미청년. 지금과는 다르게 깡마른 그의 어

STAGE. 1

깨가 가늘게 떨렸다. 그는 겨우 울음을 참고 있었다. 뭐가 부끄러워서 우리의 여행 마지막 밤에 고개를 떨구는 건가. 내가 기꺼이 그의 신용카드가 되고, 줄리 델피가 되어 줄 수 있는데 말이다.

그의 손을 잡고 키스를 했다. 흘러내린 그의 눈물 때문에 입술에 짠 기가 여운처럼 남았다. 그때만큼 사랑으로 부풀어 오른 적이 없었다. 부푼 풍선처럼 하늘로 날아오를까 봐 그의 옆구리에 파고들며 말했다.

"호텔로 가서 제대로 하자."

폭신하고 부드러운 매트리스 위에서 우리는 밤새 사랑을 나눴다. 내 뺨과 눈가로 떨어지는 그의 땀방울은 열정과 충성의 증거였다. 우리는 사랑 그 자체였다.

'아냐, 다미야. 나쁜 새끼야. 별 볼 일 없는 새끼였어.'

미래를 모르고, 섣부르게 웃고 있는 사진 속 다미에게 석영의 실체를 알렸다. 둘러본 서재에 여자와 관련된 물건은 없었다.

밖으로 나온 나는 창문 밖 끝도 없이 펼쳐진 수평선이 보기 싫어 서둘러 커튼을 쳤다. 내 집은 인테리어 잡지에 나오는 유럽의 별장처럼 외딴 절벽 위에 지어졌다. 사면이 모두 큰 통유리 창으로 되어 있어 파도 소리가 시도 때도 없이 웅웅거리며 사람을 미치게 만들었다.

창밖에는 아찔한 기암괴석과 시커먼 따개비들과 이끼, 그리고 어서 뛰어들라고 손을 흔드는 푸른 바다가 있었다. 주거용보다 별장용으로 적합한 이 집의 이름을 아버지는 내 이름을 따서 '고다미의 집'이라고 지었다. 일찍이 물려주듯 내게 넘긴 재산이었다. 그가 설계한 건축물 중에 가장 아담한 이 집은 바다로 나가는 길을 제외한 삼면에 모두 높은 담이 있어 비밀 요새처럼 외부 시선으로부터 차단되어 있었다.

"나와. 거기 있지 마."

컴퓨터가 내는 달달한 남성의 목소리, 인공지능 키미였다.

키미는 인공지능 가정부로 석영이 일방적으로 들여놓은 로봇이다. 아직 시범 단계 모델이라는 키미의 본체는 투박한 티타늄으로 만들어졌으며 눈은 아이언맨처럼 노란 불빛을 발했고, 반쯤 벌어진 입은 그물처럼 작은 구멍이 뚫린 형태로 가끔 식식 소리를 내며 공기를 내뿜었다. 그게 공기청정기 역할을 한대서 처음에 나는 조금 웃었다. 인간처럼 다섯 개로 갈라진 손가락은 인간만큼 유연하지 못했기 때문에 접시는 제자리에 두면서도 젓가락이나 포크는 집을 수 없었다. 식기세척기의 버튼을

STAGE. 1

누르는 정도의 동작만 가능했다. 키미의 주요 업무는 로봇 청소기가 하는 일보다 업그레이드된 꼼꼼한 물청소 내지는 잔심부름 정도였다. 물 가져와. 키미, 바닥에 커피 흘렸어. 닦아. 빨래 좀 돌려 줘. 이런 명령을 받고 임무를 수행했다.

"신경 꺼. 그냥 바다를 구경하는 중이니까."

"다미는 바다를 지긋지긋해하잖아."

잘 아네. 키미는 어느 세련되지 못한 과학자가 만들었는지 투박한 외형을 가지고 있었지만, 내면은 날이 갈수록 스마트해졌다. 나는 저 못생긴 게 집 안을 활보하는 것을 처음에는 참을 수 없었다. 그러나 어두운 밤 소파에 앉아 남편을 기다릴 때 스탠드를 켜 주는 것은 키미였고, 나의 생리주기를 계산해 생리통 약을 먼저 건네는 것도 키미였다. 창문을 닫고 살아도 잔음처럼 울리는 파도 소리에 내가 늘 진절머리를 치고 있으며, 나고 자란 곳인 이 집을 징그러워하고 있다는 걸 알려 준 적이 없는데도 키미는 자연스럽게 간파했다.

정지 버튼을 누르면 움직이지 않는 로봇 주제에.

키미는 몸을 틀어 거실로 향했다. 신경질을 내는 나에게 몇 번 얻어맞은 경험이 있어서 내가 말이 없으면 슬슬 도망쳤다. 고통을 느끼지도 못하면서 느끼는 체했다.

"키미. 8월 14일 오전 2시 10분부터 들렸던 소리를 재생해 줘. 석영 목소리만."

키미가 고개를 돌려 나를 바라봤다. 키미는 집에서 나는 모든 소리를 감지해 실시간 녹음 후 데이터화한다. 둘뿐인 집에서 감시할 만한 일이 뭐가 있느냐며 석영은 이 결정적 기능을 쓰지 않았다. 하지만 나는 이 기능을 사랑했다. 때때로 찾아오는 불면증에 시달릴 때면 과거로 회항해 추억의 바다를 곱씹었다. 그래서 키미만큼이나 과거의 자잘한 대화들을 잘 기억해 두었다가 남편을 놀라게 해 주는 데 활용했다. 그가 지나가듯이 먹고 싶다고 말했던 요리를 준비했고 그가 언제 내게 마지막으로 사랑한다 말했는지 정확한 날짜를 알았다. 그리하여 나는 그가 내 집에서 누군가와 수시로 대화를 나누고 있다는 걸 오래전부터 알고 있었다.

초코페, 내가 남편의 서재를 뒤져 흔적을 찾게 만든 그 여자.

"나도 같은 생각을 해. 밀림이 전부는 아니지만 진짜 전부처럼 느껴져. 이렇게 매일 24시간 당신과 함께하니까 행복한 것 같아. 죽도록 외롭다고 생각했었거든. 당신 만나고부터 우울증 약도 끊었어. 초코페. 넌 왜 이름까지 귀여운 거야, 자꾸만 발음하고 혀에서 굴리고 싶어. 초코페, 초코페, 초코페."

STAGE. 1

나는 들을 수 없지만 가상 세계의 초코페가 웃었나 보다. 석영이 하하하 웃음을 터트렸다.

"왜 웃어? 그거 알아? 당신은 가끔 열두 살 어린애 같단 말야. 사랑해. 귀여워. 초코페. 하루에 100번도 넘게 당신 이름을 말하고 싶어…."

남편의 목소리는 물기를 머금고 간곡해졌다. 확실히 내가 모르는 남자였다.

표범아. 정오를 넘긴 시간에 일찍 퇴근한 석영은 기분 좋게 취해 있었다. 적당한 취기가 오르면 그는 연애 시절 내 애칭을 잊지 않고 불렀다. 동물원에 놀러 가서 본, 우리 안에 꼼짝 않고 앉아 있던 표범이 꼭 나와 비슷하다고 했다. 표범이란 단어에 함축된 우아한 몸짓과 원시적인 날카로움이 마음에 들어 나는 그 애칭을 좋아했다.

하지만, 초코페란 이름을 100번도 넘게 말하고 싶은 그는 누구일까.

석영은 나를 꼭 껴안으며 내일은 출근하지 않는다는 사실을 희소식으로 전했다. 술을 잘 못하는 사람이라, 조금만 먹어도 온 숨구멍에서 알코올 냄새를 풍겼다. 술 냄새 나. 나는 수시로 꺼내 먹는 두통약을 씹어 먹으며 지끈거리는 관자놀이를 눌렀다.

어떻게 요리하지. 어떻게 해야 그 앞에서 가장

강력한 방법으로 '초코페'란 단어를 말할 수 있을지 고민했다.

"오늘 뭐 했어, 표범?"

그는 내 엉덩이를 부드럽게 움켜쥐며 몸을 밀착시켰다. 술김에 욕망에 충실해진 바보.

석영은 내 목에 입술을 대고 깊은 한숨을 내쉬었다. 금방 달아오를 것처럼 몸을 적셔 오지만, 그의 아랫도리 변화는 미미하다. 나는 그의 턱을 쥐고 눈을 맞췄다.

움푹 들어간 눈매와 길게 뻗은 콧날, 적당히 발달한 턱의 골격을 보면 누구라도 호감을 가질 만한 미남이었다. 특히, 색소가 약간 부족해 보이는 연한 갈색의 눈동자를 나는 정말 좋아했다. 그의 오른쪽 동공이 꿈을 꾸는 듯 시시각각 정신없이 흔들리는 것을 보고 손가락을 들이댔다. 아 미안. 그는 실수했다는 듯 오른쪽 눈을 윙크하듯 감은 채 1분간 손가락으로 눌렀다. 어떤 정보를 그에게 보여 주는지 늘 찜찜한 VR 렌즈, 글램업을 그제야 끈 것이다.

유튜브 영상을 보니 글램업에는 못생긴 와이프의 얼굴을 좋아하는 연예인 얼굴로 바꿔 주는 증강현실 기능도 있었고, 상대가 보기 싫을 땐 투명 인간 모드로 모습을 감추는 기능도 있었다. 본질을

STAGE. 1

왜곡하는 쓰레기 같은 물건을 너도나도 눈동자에 삽입하던 무렵, 석영은 내 동의를 구하지 않고 안대를 낀 채 집으로 왔다.

"밀림 직원들은 필수로 해야 한대. 어쩔 수 없었어."

그의 변명은 사실이었다. 밀림은 거추장스러운 VR 안경 대신 VR 렌즈, 글램업을 광고하며 전 직원에게 렌즈 삽입 시술을 강요했다. 개발자들의 꿈의 기업인 밀림에 그가 얼마나 들어가고 싶어 했는지 알고 있었기 때문에 화를 내지 못했다. 대신 한 달 동안의 묵언으로 그가 자신의 행동을 후회하게 만들었다.

밀림은 글램업 스위치를 끈 눈은 원래의 눈과 똑같다고 광고했지만, 과대광고로 1000억대의 과징금을 냈다. 석영의 오른쪽 눈동자는 구정물처럼 탁한 검은색을 띤 채 힘을 잃었다.

밀림의 글램업은 분기별로 업데이트를 했으나 먹색 눈동자만은 원상 복구할 수 없는 모양이었다. 평소에는 죽은 동태 눈깔이고, 스위치를 누르면 마약 중독자처럼 움직이는 그의 눈동자를 어떻게 사랑할 수 있을까. 지금 당장이라도 나는 손톱을 세워 석영의 렌즈를 벗겨 내고 싶었다. 나만 바라보던 두 눈동자를 가상 세계에 뺏기고 말았다. 밀림이 뺏어 갔다. 그리고 초코페가 가져가 버렸다.

"저리 가. 술 냄새 토할 것 같아. 나 작업실 가야
해. 그림을 다시 시작했어."

달라붙는 그를 밀치며 즉흥적으로 말을 지어냈
다. 석영은 누가 실로 잡아당긴 듯 한쪽 입꼬리를
올리며 비웃었다.

"당신이 뭔 그림?"

'어떤 도구보다 사실적으로'라는 슬로건을 내세
우며 모 기업에서 출시한 회화 프로그램 덕분에 이
제는 누구도 손에 물감을 묻히며 그림을 그리지 않
았다. 디지털 그림에 밀려 도태된 원로 화가들과
나는 함께 절필 선언을 했다. 내 경우, 작품에 대한
확신이 없었기에 가졌던 긴 공백기가 크게 작용했
다. 옆에서 나의 긴 슬럼프를 같이 겪었던 석영이
누구보다 그 사실을 잘 알았다. 내가 얼마나 고통
스러워했는지 알면서 비웃다니. 내가 그림을 그리
지 못한 데에는 그의 탓이 컸다. 사랑을 잃어버린
나. 집 안의 정물로 추락한 나.

나는 여느 때보다 무서운 눈길로 석영을 봤다.
그는 내 목덜미를 두 손으로 감싸며 내 입안으로
혀를 집어넣었다. 나는 물컹하고 차가운 혀를 피가
나도록 살짝 깨물었다.

악!

STAGE. 1

그렇게 소리 지를 정도로 아프진 않았을 텐데.

석영은 대번에 몸을 떼며 혀를 확인했다. 씨발. 낮은 욕설을 중얼거렸다. 그는 짜증을 내며 2층으로 올라갔다. 맞다. 석영은 욕을 잘했다. 연애 시절에는 그 말버릇을 어떻게 숨기며 만났는지 모르겠지만 점점 욕이 늘었다.

"내가 강간해? 기분 더러우니까 올라오지 마."

웃겨. 단지 자신의 게임 방이 있다는 이유로 그는 2층이 본인 구역인 줄 착각했다.

"… 사랑해."

내 사랑 고백에 그는 움찔하며 과장되게 자기 머리를 쥐어뜯었다.

"고다미. 지금 그게 할 말이야? 내 혀를 깨물고 피를 낸 건 너야. 이럴 때는 미안하다고 하는 거라고. 제발 상처받은 얼굴 하지 마. 돌 거 같으니까."

고다미라니. 성까지 붙여서 내 이름을 부르네. 상처를 받았어, 아주 많이. 석영은 진저리를 치며 계단을 올라갔다. 딸깍. 방문을 잠그는 소리가 낮게 들렸다. 내가 한동안 작업실에 머문다고 했으니 그는 신나서 '그 짓'을 할 것이다. 그가 나 아닌 다른 여자를 보며 웃는다고 생각하면, 분노를 참을 수가 없다.

창고에 처박아 둔 구형 VR 안경 글램업을 찾았다. 작동법을 몰라 한참 헤매고 있자, 키미가 와서 도와주었다. 고마운 키미.

본채 뒤로 이어진 50평 남짓의 단층 건물은 아주 어렸을 때부터 나의 놀이 방이었다. 천장이 투명 유리로 뒤덮여 있어 누우면 언제든 하늘을 마주할 수 있었다. 원래 용도는 온실 정원이었던 까닭에 사방의 벽도 널찍한 유리창이었다. 나는 완전히 이곳을 독차지하게 된 이후 유리창을 모두 시멘트로 덮어 버렸다. 인근에 있는 허름한 철물점을 찾아가 사장에게 의뢰를 했다. 철물점 사장은 이 아까운 창들을 정말로 시멘트로 덮어 버릴 거냐고 몇 번이나 물었다.

집에 대한 결정권은 나에게 있었다. 여긴 고다미의 집이니까. 어떤 색도 덧칠하지 않은 쥐색의 시멘트가 흉측하다고 석영은 대놓고 싫어했다. 곧바로 아버지를 집으로 초대해 시멘트를 덧바른 작업실을 보여 줬다. 아버지는 이 집을 넘겨주었을 때 특별 조항을 넣지 않은 것을 후회했다. 내 작품을 이렇게 망쳐 놓다니. 부르르 떨던 그 모욕당했다는 얼굴이란!

그때를 생각하면 나는 지금도 푼수같이 웃음이 터졌다. 시원한 복수였다.

STAGE. 1

시멘트로 덧방을 한 이후부터 나의 작업실은 성역이 되었다. 홍채 인식 보안 키를 달고, 키미와 나만 드나들 수 있도록 설정했다. 나는 한동안 작업을 계속했지만 판매는 하지 않았다. 내 그림은 팔지 않는 기간이 길어질수록 어처구니없게도 값이 계속 올랐다. 아버지가 너무 유명한 탓이었다. 나는 형편없는 실력이 탄로 날까 봐 붓을 놓았다. 그림 같은 건 꼴도 보기 싫어졌다. 작업실의 물감과 회화 재료들은 하얀 천을 뒤집어쓴 채 겨우 먼지를 피하는 신세가 되었다.

푸흡. 푸하하. 내 박장대소에 키미가 잘못된 무언가가 있는지 보려고 실내를 한 바퀴 돌며 스캔했다. 내가 웃은 건 VR 안경을 쓰자마자 숫자들이 보였기 때문이다. 마지막 설정을 어떻게 해 놨던 건지 작업실 내부에 차곡차곡 쌓아 둔 캔버스의 시장가격이 그야말로 촤르륵 떴다. 돈 좋아하는 석영의 짓이었다.

"세상 참 좋아졌네."
"다미. 세상은 오래전부터 좋아졌어. 요즘엔 아무도 그런 안경을 쓰지 않아."
"내가 늦다는 소리야?"
"아니. 다미가 이제야 세상을 본다는 소리야."

키미의 격려에 힘을 얻은 나는 찔찔이들이나 하는 밀림에 가입했다. 그동안 새 시대를 열었다고 평가받는 메타버스를 무시하고 있었다. 마치 정글 열대우림 속에 뒤엉킨 나무들처럼 셀 수도 없이 많은 아바타들이 대기 화면에 엮여 있었다.

밀림은 이제 나까지 도합 4000만이 넘는 사람이 모인 인간 정글이었다. 가입 절차를 밟는 데 있어 어려울 건 없었다. 이제껏 사용한 몇몇 메타월드 서비스, 이를테면 가상공간에서 쇼핑과 은행 업무를 보기 위한 사이트에 가입하는 과정과 비슷했다. 다만, 실제와 비슷하게 모공까지 정교히 표현한 아바타의 표현 수준이 남달랐다.

밀림은 연애 감정을 바탕으로 만난 두 아바타가 결혼을 하고, NPC인 아이를 낳으며 삶을 꾸리는 가상현실 플레이를 제공하는 플랫폼이다. 그래서 무엇보다 매력적인 아바타의 표현이 중요하다. 다른 플랫폼과 다르게 한번 설정한 아바타의 외형은 도중에 바꿀 수 없다는 경고창이 떴다.

나는 신중하게 스킨 톤을 설정했다. 늘 짧은 쇼트커트를 유지하는 실제 모습과 반대로 허리까지 닿는 긴 곱슬머리에 풍만한 가슴과 엉덩이를 가진 아바타를 만들었다. 체구가 조금은 아담했으면 좋겠다. 키는 162cm, 발은 작게. 눈동자는 올리브색으로, 사랑스러워 보이게 양쪽 뺨에 보조개를 콕. 나이는 내 나이보다 열두 살 어린 26세로 선택했다.

STAGE. 1

"저기… 다미. 그런데 아바타 정말 이걸로 할 거야? 당신과 너무 다르잖아."

"나랑 비슷하면 남편이 눈치챌 거야."

"… 다미…. 누구 닮지 않았어?"

단순명료한 키미가 평소와 다르게 자꾸 말꼬리를 늘였다. 누구. 누굴 닮았는데? 내가 으르렁거리자, 키미가 하는 수 없다는 듯 대답했다.

"에리카."

"허!"

에리카는 아버지와 나의 자산관리사였다. 몇 해 전, 석영이 그녀에게 노골적인 추파를 보냈고 에리카는 여자들의 의리를 지킨답시고 그걸 나에게 일러바쳤다. 나는 가끔 궁금했다. 석영의 그 싸구려 취향은 어디에서 비롯된 건지….

밀림을 하루 동안 플레이한 결과, 몇 가지 사실을 알 수 있었다. 전체 구역은 A랜드부터 G랜드까지로 나뉘어 있고 막 가입해 포인트가 없는 햇병아리는 G랜드에서만 움직여야 했다. G랜드 구역의 맨땅에서 허구한 날 파트너를 찾아 헤매다가 주말마다 열리는 축제에 가서 포인트를 얻기 위해 안간힘을 쓴 다음, 일정 기간 고생해야 다음 구역으로 진입할 수 있었다. 석영과 초코페가 아무나 드나들 수 있는 G랜드에 머물 리는 없었다. 불륜은 비밀스러운 것이니까. 즉, 내가 이 구역에서 바람난 연놈들을 만날 확률은 제로.

그들이 머무는 구역이 어딘지는 알 수 없었다. 등급이 낮은 유저가 상위 구역에 가기 위해선 해당 구역의 유저에게 초대장을 받아 잠시 머무는 것 말고는 방법이 없었다. 물론 현실에서 통하는 사항은 가상 세계에서도 통한다. 세상 대부분의 일들은 돈으로 해결이 된다는 것이다.

"상대방 아이디 알면 해킹도 가능해요. 다 털 수 있음."

검은 마스크를 쓰고, 뱀눈을 한 아바타가 말했다. 그가 무작위로 뿌린 광고를 보고 먼저 연락을 했다. '최고급 아이템 최저가 판매, 구역 이동 가능, 포인트 대량 판매'라고 쓴 현란한 색의 문구가 눈에 띄었고, 나는 주저 없이 클릭을 했다.

"아이디가 확실한지 모르겠어요. 초코페라고 알고 있는데."

뱀눈 아바타는 쓸데없는 질문을 하는 대신, 고개를 끄덕이며 10분만 기다려 달라고 했다. 나는 해킹은 바라지 않고 초코페가 사는 집으로 가 보고 싶다고 말했다. 뱀눈 아바타는 안됐다는 표정을 지으며 이동 링크를 걸어 줬다.

"혹시 집주인이 어떻게 왔냐 하거나 정체를 물

STAGE. 1

어보면, 어리버리 타세요. 그쪽이 신고하면 당신은 1년 동안 밀림을 이용할 수 없으니까. 나 같은 천재 해커들 때문에 밀림 정책이 세게 바뀌었거든요. 내연녀 잡기도 전에 튕겨 나오면 안 되잖아요."

나를 사무적으로 대하던 뱀눈 아바타는 마지막에 다정히 행동 지침을 알려 줬다. 내가 내연녀를 잡으려 한다는 걸 어떻게 알았냐고 물어보려다가 관뒀다. 어떤 대답을 듣든 기분이 상하는 건 마찬가지일 것 같았기 때문이다.

D랜드는 G랜드와 다르게 인도가 더 정비되어 있었고, 돌아다니는 아바타들의 외형이 화려했다. 잘생긴 흑인 아바타가 "자기는 어디서 왔어? 아주 예쁜데." 하고 추파를 던져 왔다. 나는 가운뎃손가락을 날리며, 놈을 간단히 무시했다.

초코페, 파르렛이라는 이름이 적힌 팻말이 붙은 연보라색 문 앞에서 잠시 호흡을 가다듬었다. 둘은 '초코렛'과 '파르페'를 합성한 달콤한 아이디를 가지고 있었다. 석영의 아이디가 파르렛이었다.

그들의 집은 침실과 거실 공간이 분리되어 있지 않은 스튜디오 같은 곳이었다. 넓은 침대 양옆에는 붙박이 조명이 은은하게 불을 밝히고 있었고, 바닥에는 기하학적 무늬의 붉은색 양탄자가 깔려 있으며, 공간 한가운데에는 3인용 소파, 벽 곳곳에는 어느 사진작가의 작품들, 식탁에는 미처 치우지 못한 그릇과 이빨 자국이 그대로 남은 토스트가 있었다. 남편은 집을 꾸미는 데 관심을 두는 사람이 아니다. 이 조잡한 것들의 부조화는 그녀의 취향일 것이다. 꽃무늬 커튼을 걷어 내자, D랜드의 전경이 내다보였다.

바깥에는 5층을 넘지 않는 가지런한 건물들과 야자수 같은 열대우림의 나무들이 곳곳에 포진되어 있었다. 가짜 구름의 질감이 실감 났다. 나는 잠시 내 집에서는 볼 수 없는 평범한 중산층 동네의 풍경을 감상했다. 침대에 앉아 한 번 두 번, 엉덩이를 튕기며 스프링 상태를 확인했다. 보기보다 내구성이 그다지 좋지 않은지 삐걱거렸다. 햅틱 장갑이 창고에 없어서 끼지 않았는데도 신기할 정도로 현실감이 있었다. 구식 VR 안경으로도 오감을 느끼게 해 주는 센서가 있는 모양이었다. 침대에 눕자 천장에 불륜 커플의 사진이 연이어 재생됐다. 이런 유치한 커플 셀카 모음집을 천장에 띄워 두는 건 무슨 악취미일까.

남편의 아바타, 파르렛을 보자 어이없어서 웃음이 흘러나왔다. 훤한 이마를 드러낸 갈색 머리에 적당한 콧수염과 슬림한 체형, 댄디한 스타일까지. 너무 에단 호크잖아. 아직도 〈비포 선라이즈〉의 환상에서 벗어나지 못한 모양이었다. 남편과 입 맞추

STAGE. 1

며 행복하는 여자를 보니 빨간 머리, 옅은 주근 깨, 애 같은 얼굴이 줄리 델피 과는 아니었다. 오히 려 빨간 머리 앤을 모사한 듯 보였다.

이거 부부가 영 미스매치네.

가상 세계의 부부라 해도 외도는 할 거야. 제 버 릇 개 못 준다고.

별안간 좋은 생각이 떠올라 아이템 숍에서 가장 화끈해 보이는 끈 속옷과 페로몬 향수를 구입해 집 안에 낯선 향기를 남겼다. 머리카락을 뭉텅이로 뽑 아 베개 부근에 흩뿌렸다. 초코페나 파르펫 둘 중 에 아무나 만날 수 있기를 바랐다. 먼저 온 아무에 게나 내 정체를 거짓으로 밝히고, 이곳을 파탄 내 고 싶었다. 아바타끼리 맺은 관계는 과연 얼마나 끈끈할까.

석영이 이 집에서 행복을 찾았을까, 그랬으면 좋 겠다. 빼앗아 부수는 과정에서 희열을 느끼려면 빼 앗긴 상대가 슬퍼해야 마땅하다. 긴 하품을 하며 다가올 전쟁에 대비해 스트레칭을 했다. 고개를 돌 린 순간, 이 집의 휘어진 계단 위에 다락방이 있다 는 것을 알게 됐다.

위에서 희미한 아이 울음소리가 들렸다. 집 안 어디에도 아이의 흔적은 없었는데, 위층에서만 돌 보는 모양이었다. 계단을 밟고 올라가자 요람 주변에 장난감이 가득 있는 아늑한 공간이 나왔다. 아이는 세 살 남짓해 보이는 체구였고, 담요에 싸여 누운 채 나를 돌아봤다. 삐쩍 마른 얼굴의 색이 푸르러서 한눈에 봐도 곧 죽을 것 같았다.

"먹을 것 좀 주세요."

아이는 귀여운 목소리로, 또박또박 말을 잘했다.

"넌 누구니?"
"전 모닝스타요. 엄마는 초코페, 아빠는 파르렛. 나이는 두 살. 그런데 죽어 가고 있어요."

모닝스타. 네가 샛별이구나. 그러니 너는 딸일 거야. 내 안에 있던 무거운 운석 하나가 떨어진 것처럼 철렁 심장이 내려앉았다. 집을 찾지 말걸, 후회가 밀려왔다.

아바타가 죽을 수도 있구나. 아이는 어떻게 해서 생기는 거야. 설마… 나는 인상을 찌푸리며 다시 울기 시작한 아이를 차갑게 바라봤다. 거지 같은 이 기분을 어떻게 풀어야 할지 몰랐다. 깊은 무력감이 나를 휩쓸었다. 자신이 죽어 가고 있다는 걸 아는 아이의 눈동자는 애처로웠다. 아무리 아바타라도 아이의 죽음을 지켜보는 일은 고역이었다. 나는 어떻게든 모닝스타를 살려 내려고 아이템 숍을 뒤졌다.

"너에게 뭘 사 줘야 하지?"

STAGE. 1

"우유랑 사랑이요."

"사랑은 어디서 파는데…?"

"안 팔아요. 그건 엄마나 아빠가 줄 수 있어요."

모닝스타의 힘없는 대답에 울음이 터졌다. 망할 부모들! 급한 대로 우유를 사서 아이의 입에 물렸다. 아이는 우유를 먹는 듯하더니 얼마 안 가 모두 게워 냈다. 우유가 섞인 선홍색 점액질의 피를 토했다. 병원에 데려가야겠다는 생각이 들어 아이를 품에 안았다.

이런! 이렇게 따뜻할 수가…. 생각지 못한 온기가 느껴져 두 팔에 힘이 들어갔다. 살리고 싶었다.

이제는 냉기밖에 안 남은 내 자궁으로 여섯 달을 품었던 아이의 태명은 샛별이었다. 모닝스타. 그래, 아바타 아이의 이름은 석영이 지었겠지. 어떻게 이런 배신을 할 수 있지.

샛별아, 죽지 마. 내가 대신 사랑을 줄게. 나는 거의 외침에 가깝게 모닝스타에게 말했지만, 아이는 충분히 자라지 못한 두 팔을 위로 길게 뻗더니 경련을 일으키며 몸을 크게 흔들었다. 죽음의 동작이었다. 그리고 아이의 숨은 끊어졌다. 대서양과 태평양을 건너는 도중에 탈진해 죽은 한 마리 여린 철새처럼 경직된 모닝스타의 몸은 아직 뜨겁고 보드라웠다.

눈물이 걷잡을 수 없이 흐르는 사이 키미의 침착한 목소리가 들렸다.

"다미, 게임이에요. 몰입하지 말아요. 밀림의 아이들은 모두 NPC예요."

그렇다면 어째서 사랑을 원하도록 설계해 둔 거지, NPC는 겨우 게임 데이터일 뿐인데 말이야.

어째서 아바타가 이렇게 가혹하게 죽도록 설계해 둔 거냐고!

그다음에 일어난 일은 기억이 나질 않는다. 키미의 말로는 내가 울다가 기절을 했다고 한다. 키미는 내게 커다란 슬픔을 안겨다 준 글램업을 벗기고, 심박 측정을 한 뒤 침대에 눕혔다. 한 시간 뒤 깨어난 나는 슬픔의 기운을 감추며 석영에게 전화를 걸었다.

"당신을 보기가 힘들 것 같아. 당분간 집으로 돌아오지 말았으면 좋겠어."

작업실 밖에서 남편이 분노를 담아 발길질을 해 댔다. 그는 이유라도 제발 알려 달라고 부탁했다가 진짜 나가라는 말이냐며 몇 번이고 되물었다. 그러고는 계절이 바뀔 때마다 반복됐던 나의 히스테리를 욕하며 짐을 싸서 나갔다. 후두두둑. 떨어지는 빗소리에 천장을 올려다봤다.

STAGE. 1

"다미. 이런 날에 나가는 건 좋지 않아요."

키미가 비 오는 날에 바다 수영 하기를 좋아하는 내 별난 취미를 기억했는지 나를 타일렀다. 어쩌면 키미를 남편으로 두는 게 현명한 일일지도 모르겠다. 나는 작업실 뒷길로 연결되어 바다로 이어지는 가파른 계단을 내려갔다. 금방 젖어 몸에 달라붙은 옷을 도중에 다 벗어 버리고 알몸이 되어 비를 맞았다. 9월까지 이어진다는 고온 현상 덕분에 추위는 느낄 수 없었다. 아버지가 구해 온 기이한 부조가 듬성듬성 놓인 모래사장을 걸어갔다.

젊은 여인이 시체가 된 채 바다 위로 떠오른 걸 목격한 열여섯 살 때부터 나는 병적으로 바다 수영에 집착했다. 수심을 가늠할 수 없는 바닷속에서 언제나 인어처럼 헤엄칠 수 있었다. 언제고 뛰어들어 여인을 구할 수 있도록 시뮬레이션을 돌려 보고, 수심 깊은 곳까지 내려가 여자를 상상 속에서 구했다. 서른여덟의 고다미보다 어렸던 그 여인, 엄마.

피부에 닿은 바닷물의 차가움이 내 머릿속을 틀어쥐고 흔드는 것 같다. 너무 차가운 나머지 나는 잠깐 팔다리로 자연스럽게 유영하는 법을 잊어버렸다. 짠 바닷물을 몇 번 집어삼키고 나서야 얼었던 팔다리를 움직인다. 파도에 휩쓸리다가 곧 나 자신이 파도가 된다. 표류 인간이 된 기분과 비로

소 찾아오는 해방감에 찔끔 오줌을 지렸다.

땅 위에서는 키미가 비를 맞으며 서 있었다. 키미가 쏘아 올린 홀로그램에 에리카와 변호사 메건, 그리고 두 팔을 모으고 안락의자에 앉아 나를 노려보는 고선, 내 아버지가 보였다. 모두 나를 기다리고 있었다. 뭍으로 올라가 그들을 소집한 아버지의 전화를 받아야 했지만, 적어도 비가 내리는 동안은 나가지 않을 작정이다.

그들을 등지고 끝이 보이지 않는 수평선을 바라보았다. 저기 끝까지 가면 뭐가 나와? 어린 날의 물음에 엄마는 물고기처럼 아주 많이 헤엄치면 미국에도 갈 수 있어, 하고 말했다. 웃겨. 엔젤로 불리는 아름다운 모델이었던 엄마는 믿을 수 없을 만큼 지리에는 젬병이었다. 아니, 사실 거의 모든 것에 젬병이었다. 그러니까 수영도 할 줄 몰라서 죽었지. 저 끝으로 가면 무엇이 나오는지 안다. 수평선의 끝은 죽음이었다. 결코 가닿을 수 없는 소실점.

붉은 달이 서서히 수면 위를 비추기 시작할 때, 나는 더 나아가지 못하고 물에서 나왔다. 그사이 부슬비는 그쳤다. 내 피부는 물에 퉁퉁 불었고, 잊었던 추위가 찾아왔다. 메건과 에리카는 홀로그램 화면에서 모습을 감추었다. 아버지만 남아 뿔테 안경을 낀 채 뭔가를 보고 있었다.

STAGE. 1

1년에 두어 번쯤 영상통화만 했을 뿐, 실제로 얼굴을 맞댄 지는 벌써 몇 년이 흘렀다. 아버지는 췌장암으로 죽어 가고 있었다. 위험한 고비를 넘긴 89세 아버지의 모습은 예나 지금이나 여전했다. 홀쭉한 입매와 주름으로 뒤덮인 눈꺼풀은 졸린 듯해 보였다. 수건으로 몸을 감싼 채 통화 연결 버튼을 눌렀다. 아버지는 물에 젖어 떠는 내 모습을 보며 알 만하다는 듯 고개를 내저었다.

"날 보러 안 오런?"

"왜요?"

아버지는 말이 없었다. 화면 속에서 그는 거칠게 숨을 들이쉬다가 누군가가 건네준 알약을 털어 넣고 다시 목을 가다듬었다. 힘들게 펌프질을 하는 그의 심장을 대변하듯 쉭쉭거리는 숨소리가 불길하게 들렸다. 몇 달 전에 밀림에서 거액을 받고 이벤트 기획을 할 때만 해도 평생을 살 것처럼 기세등등하더니, 그답지 않게 연약한 투였다.

"왔으면 좋겠다."

아버지가 거듭 같은 말을 했다. 당신은 곧 죽음을 선택하겠구나. 그의 끝이 삶과 달리 비루하리라.

"할 일이 많아요. 바빠요."

"다미야."

"네. 아버지." 그가 내 이름을 부른 적이 별로 없

었기에 나는 순순히 대답했다.

"마지막으로 널 사랑할 기회를 줘라."

기회는 많았다. 이제 와서 뭘 하겠다고? 나를 할 퀴려는 수작은 마지막 복수인가, 아니면 마지막 유언인가. 내가 종료 버튼을 누르기 전에 전화는 끊겼다.

키미에게 다시는 아버지 전화를 연결하지 말라고 일렀다. 거실에 들어가 벽난로를 틀었다. 타닥타닥 장작 타는 소리가 났다. 실제로는 불꽃을 모사한 이미지가 나오고 설정한 온도의 열기를 내뿜을 뿐이었다. 신제품, 전자동, 인공지능이라면 무조건 사들이는 석영의 취향이었다. 가짜 푸른 불꽃을 바라보며 나는 몇 시간을 그렇게 가만히 앉아 있었다. 모든 것이 다 소진된 기분이었다. 아버지의 성을 물려받았으나 그 대가로 전부를 내줘야 했던 고다미.

젖었던 몸은 바삭하게 말랐고, 두 뺨이 열기에 붉게 익었다. 잠자코 내 곁을 지키던 키미가 메건의 전화를 연결할지 물었다. 짧은 스포츠머리의 드래그 퀸 메건은 고씨 집안의 변호사이자 연극배우였다. 몇 년간 아버지의 연인이기도 했다. 비위도 좋지. 고선의 괴팍한 성미로 인해 일어나는 일들을 대충 돈으로 해결하고 고액의 변호사비를 챙겨 갔다. 탐스러운 속눈썹을 붙인 채 눈을 깜박거

리며 메건은 아버지가 죽었다고 말했다. 그 말을
듣자마자, 나는 저녁 내내 난롯가에 앉아 기다리던
것의 정체를 알 수 있었다.

예정된 아버지의 임종.

스위스에서 공수해 온, 편히 갈 수 있는 알약을
삼켰다고 했다. 나는 고개를 끄덕였다.

"너는 어쩜 인간미 없는 게 늬 아빠랑 그렇게 똑
같니, 표정 하나 안 변해."

메건은 마스카라 때문에 검어진 눈물을 닦아 내
며 이어 말했다.

"모든 유산을 너에게 남겼어. 지적재산권까지 전
부 다 말이야. 너 그게 무슨 뜻인지 알지?"
"글쎄요."
"아가. 세상이 다 네 거란 소리야."

그와 아버지가 얼마나 오래 함께했는지는 모르
겠다. 수다쟁이 메건은 가끔 집으로 찾아와 고 선
생님이 많이 힘들어한다며 내가 먼저 손을 내밀 것
을 은근히 권했다. 아버지는 메건과 헤어지고 나서
원래 천성대로 돌아와 내 엄마와 비슷한 타입의 여
자들, 그러니까 타고난 끼와 자신이 쉽게 착취할
수 있는 여린 성정을 가진 여자들을 수시로 바꿔
가며 곁에 두고는 그들의 탤런트를 착취한 뒤 버
렸다. 아버지가 자식을 남긴 것은 마녀 같은 엄마

에게 넘어가서 저지른 실수였다. 그리고 마녀 같은 엄마를 죽인 건 더욱 마녀 같은 딸, 고다미였다. 부녀는 서로에게 원수나 마찬가지였다.

"장례식에 올 거지? 귀찮은 건 없을 거야. 선생님이 이미 다 정리해 두셨어."
"갈 생각 없어요."
"남편 때문에 그래? 걔가 정말 바람을 피우긴 피운 거야?"

나는 메건의 물음에 가슴팍의 모터를 이용해 시원한 바람을 불어 주는 키미를 노려보았다. 수다쟁이는 메건이 아니라, 키미였군.

집으로 사람을 보내겠다는 메건의 말을 무시하고 전화를 끊었다. 키미는 벌써 심상찮은 분위기를 감지하고, 내게서 멀리 떨어져 엘리베이터를 타고 3층 버튼을 눌렀다. 키미가 닫힘 버튼을 누르기 전에 옆에 섰다.

"미안해. 메건이 다미 기분을 궁금해서."

3층은 야외 정원이었다. 가꾸지 않아 죽은 꽃들과 칵테일을 만들 수 있는 간이 바가 있었다. 과거에 엄마는 가끔 이곳에서 파티를 열기도 했는데 내가 주인이 된 이후로 버려진 공간이 되었다. 키미는 내가 자신의 뒤통수를 금방이라도 부숴 버릴 것이라고 생각하는지 자꾸 돌아보았다. 인공지능이 눈치가 빨해, 너무 똑똑해.

"잘 생각해. 나를 없애면, 다미는 친구 없이 철저히 혼자야."

키미는 바에 가서 능숙한 솜씨로 칵테일을 만들었다. 키미가 만들 수 있는 칵테일은 럼콕뿐이었다.

"야. 너랑 내가 친구라고 생각했다니 웃겨."

손끝이 무딘 키미를 대신해 럼콕 위에 레몬을 짜주며 내가 말했다. 찬 대기 속에서 내 목소리는 지독히 건조하게 들렸다. 키미의 두 눈에서 나는 빛이 어두워졌다. 키미는 빛의 세기로 기분을 표현했는데, 지금은 아주 잿빛이었다.

"다미의 행동 패턴으로 볼 때, 나를 용서하지 않을 거니까. 키미는 마지막으로 하고 싶은 것을 할 거야."
"겨우 칵테일이야?"
"맛이 늘 궁금했어."

키미는 주저하지 않고 칵테일을 마셨다. 키미가 이따금 신선한 바람을 뿜어내던 입으로 럼콕이 흘러 들어갔다. 키미는 맛을 음미하는 것처럼 눈빛을 깜박거렸다. 이윽고 맛이 없다고 말하며 난간으로 향했다. 나는 키미의 전원을 끌 수도 있었지만, 그가 하고 싶은 대로 하게 내버려 두었다.

"그렇게 죽을 거야?"

"인공지능에게 죽고 사는 개념은 없어. 하지만, 다미에게는 있지. 다미는 충분히 고통받았어. 이제 마음 풀고 잘 살아도 돼. 고선도 원하는 대로 죽었잖아."

키미 너 정말….

그 말을 끝으로, 키미는 내 시야에서 사라졌다. 나는 잠깐 키미가 방수가 되는 제품인지 궁금해졌다. 수영을 할 수 있는 제품인지도.

첨벙 소리가 들렸고 다시 일정한 파도 소리가 미친년처럼 우우우 울었다.

아버지 장례식에는 가지 않았다. 뉴스에서 고선의 장례식이 며칠에 걸쳐 수시로 방송되어서 미칠 지경이었다. 한국의 건축가는 고선뿐인가. 왜 다들 그의 죽음에 플래시를 터트리지 못해 안달일까. 뉴스 화면에 고선의 영정 사진을 안고 상주 노릇을 하는 석영이 스쳤다. 너도 참 못 말려. 그에게 바란 것은 딱 하나였다. 끝없는 사랑. 그런데 그거 하나를 못 주니.

STAGE. 1

김석영/파르렛

밀림 직원들은 누구나 하나씩은 비밀 계정을 갖고 있다. 사생활을 침범당해 괜한 소란이 일어나지 않도록 서로 비밀 계정에 대해서는 묻지 않는 게 암묵적인 룰이었다. 결혼한 후배 녀석이 다른 팀 독신녀와 몰래 밀림에서 부부의 연을 맺는 걸 알았어도 모르는 척하는 게 매너였다.

나는 손이 많이 가는 아내에게 최선을 다하고 있었고, 그 삶에 만족했다. 불륜 저지르는 놈들을 은근히 깔보며 불쌍히 여겼다. 나는 밀림에 입사한 뒤 근 3년 동안 비밀 계정을 만들지 않은 특이한 사람이었고, 그런 계정의 필요성을 느끼지 못했다. 집에서까지 게임을 붙들고 싶지는 않았기 때문이다. 물론 내 아내도 밀림을 싫어했고.

밀림에서 마약 파티가 열린다는 얘기를 독신녀와 불륜을 저지르던 중인 후배에게서 우연히 듣게 되었다. 기분이 죽인다고 했다.

"관리 팀에서는 불법 파티 열리는 건 이미 오래전부터 알고 있었던 모양이에요. 그런데 알잖아, 지들도 해 보니까 좋은 거지. 또 그걸로 인해서 유저들이 밀림에 머무르는 시간이 역대급으로 늘어나고 있으니까. 형도 빼지 말고 해 봐. 진짜 마약은 안 해 봐서 모르지만, 환각작용은 비슷할 거야. 먹고 하면 얼마나 좋은데."

침을 튀기며 말하는 후배의 꼬임에 넘어갔다. 실제 마약이 아니니까. 돈에 눈먼 누군가가 만든 합성 자극제 정도일 것이다. 그날 나는 비밀 계정을 파서 후배가 전달한 링크를 타고 들어갔다. 무대 중앙에는 현란한 미러볼과 샹들리에가 장식되어 있었다. 나머지 실내는 깜깜하다 싶을 정도로 어두웠고, 얇은 칸막이로 구분된 방에서 교성이 흘러나왔다. 마약 섹스 파티였군.

멀리서 치렁치렁한 머리를 땋은 히피로 보이는 남자가 아는 체를 했다. 후배의 아바타였다. 그는 내 아바타의 심플한 차림새를 보더니 재미없는 남자라고 평하고는, 테이블에 놓인 샴페인 잔을 가리켰다.

STAGE. 1

"맘껏 드시고, 맘껏 하세요. 여기선 다 무제한이 니까."

후배는 낯선 여성들을 거느리고 사라졌다. 누가 그의 불륜 상대인 정 팀장인지 알아내려다 보니 문 득, 정 팀장은 여기 오지 않았을 것 같다는 생각이 스쳤다. 에메랄드색을 띠는 샴페인 잔에 담긴 액체 는 호기심을 자극하기에 충분했다. 히피로 가장해 정체를 숨긴 후배에게 재미없는 남자라는 소리를 들은 후라 더욱 전투력이 상승했다. 밀림의 유저들 이 중독됐다는 마약 'B스팟'을 나는 단숨에 마셨 다. 미끄덩한 뱀장어 같은 것이 내 목울대 너머로 쑤욱 넘어간 듯한 착각이 들었다. 이질감에 목을 만지며 소파에 앉았다. 잠시 뒤, 머릿속이 불이 난 듯 뜨거워지고 눈앞이 핑 돌았다. 돌아다니던 아바 타들의 목소리가 스피커를 단 듯 왕왕 울렸다. 해 보면 죽인다더니 정말 죽을 것처럼 어지러워 나는 접속을 끊지도 못하고 그대로 쓰러졌다.

"아저씨. 괜찮아요? 파티 끝났어요."

칠흑같이 어둡던 내부는 사라졌고 하늘에는 낮 달이 떠 있었다. 나는 도무지 일어나기 어려워, 간 신히 고개만 움직여 주변을 살폈다. 나처럼 정신을 잃는 등 약물 부작용에 시달리는 아바타들이 시체 처럼 누워 있었다.

"500팟이요."

나를 깨웠던 아바타가 손을 내밀었다. 영문도 모른 채 눈앞의 여자를 봤다. 빨간 머리를 포니테일로 묶었고, 가지런한 앞머리에 전위적인 눈 화장이 인상적이었다.

"넌 몇 살이냐?"

20대의 외모였으나 목소리가 아직 학생 같아서 나는 꼰대처럼 물었다.

"밀림에서 나이를 묻는 건 실례인 거 몰라요? 빨리 500팟 주세요. 파티 충분히 즐겼잖아요. 열두 시간 지나면 팟 더 붙는 거 몰랐어요?"
"알바생?"
"응."

나는 주머니에서 500팟을 꺼내 건넸다. 팟은 밀림에서 사용하는 가상화폐 단위였다. 500팟이면, 괜찮은 레스토랑에서 애인과 한 끼 식사를 즐길 수 있는 돈이었다. 목소리에서는 분명 애티가 나는데, 아바타의 코르셋이 풍만한 가슴을 겨우 가리는 게 거슬려 잔소리를 했다.

"그 돈으로 옷 좀 사라. 옷이 그게 뭐냐…."
"이 아저씨 갱생 불가네. 내 옷이 어때서, 이거 루이비통 한정판이야!"

루이비통은 무슨. 길거리 노점상에서 중국 애들이 만든 카피본을 산 거겠지. 볼일 끝났으니 가 보

STAGE. 1

라고 나는 손을 내저었다. 여자는 내가 준 500팟을 세상에! 가슴골 사이에 꽂아 넣었다.

"부모님이 너 여기서 이러고 있는 거 아냐?"
"나 스물여섯이야. 넌 몇 살이야?"

진짜 나이를 대면 정말 꼰대라고 할까 봐 스물여덟이라고 대답했다. 여자는 코웃음을 치며 직장도 없이 하루 종일 여기서 이러고 있냐고, 나의 참견을 핀잔으로 되돌려 줬다. 직장이 있다고 대답했지만, 내가 여자의 나이가 어리다고 믿는 것처럼 여자도 나의 무직을 확신하는 태도였다. 이게 어떻게 얻은 직장인데…. 나는 충동적으로 진짜 사실 하나를 발설했다. 밀림의 서비스 개발 팀장이라고 정체를 밝혔다. 세상 웃긴다는 듯 박장대소하는 여자의 웃음이 싫지 않았다. 웃음이 헤픈 여자였다.

"너 재밌다. 해장하러 갈래?"
"지금 알바 중이라매."
"응. 개인사업자라 괜찮아."

파티가 끝난 뒤 취해서 정신없는 아바타의 돈을 갈취하는 건 여자의 쏠쏠한 돈벌이였다. 나는 불량 청소년을 바른길로 안내하려는 마음으로 여자의 제안을 받아들였다. 가시지 않은 약의 기운 때문에 비틀거리자, 여자는 내 팔을 잡고 부축했다. 눈 둘곳 없는 가슴의 감촉이 내 팔에 닿았다. 순간, 스물여덟 살의 청년처럼 오랜만에 가슴이 뛰었다.

"너 진짜 스물여섯이야?"

나는 여자가 스물여섯이었으면 하는 바람으로 물었다.

"아니." 여자가 날름 혀를 내밀며 새침하게 덧붙였다. "사실은 스물둘이야, 아저씨."

함께 순댓국을 먹으면서 나는 여자를 놓치고 싶지 않다는 마음을 굳혔다. 나이보다 앳된 목소리를 가진 스물두 살의 초코페. 우리는 겨우 3주 연애를 즐기고, 결혼을 했다. 비공개 계정으로 수시로 로그인하며 초코페와 서로의 전부를 공유했다. '석양처럼' 재미없는 내 아이디를 초코페에 맞춰 파르렛으로 바꿨다. 나는 아내를 종종 잊었다. 이중 결혼 생활은 쉽지 않았기에 어쩔 수 없는 선택이었다.

"이제 솔직히 말해도 돼. 와이프 가상 인물이지?"
"병신아. 그분은 원래 이런 데 안 나오셔. 얘네 결혼할 때 계약서 썼잖아. 고다미를 부부 모임에 불러 남편의 액세서리 취급하는 일은 없어야한다. 만약 그럴 시, 계약 위반으로 간주해 벌금 1000만 원."

우와. 진짜?! J의 말도 안 되는 소설에 친구들은 놀라워하며 내 얼굴을 바라봤다. 나는 그저 남의 아내의 이름을 함부로 입에 올리는 J를 불쌍하게 여겼다. J가 고다미를 흠모하여 아내가 잘 이용

STAGE. 1

하지도 않는 SNS 계정을 염탐하고, 새로운 전시가 열릴 때마다 득달같이 달려가는 것을 알고 있었다. J뿐만이 아니었다. 세상 모두가 그녀를, 정확히 말하면 고씨 집안을 좋아했다.

희대의 건축가 고선의 외동딸로 태어난 화려한 미인인 아내는 나와 결혼하고 나서 갑자기 더더더 유명한 화가가 되었다. 화가들이 자신의 그림을 디지털로 전환하여 떼돈을 벌 때, 내내 침묵하던 아내는 '화가는 죽었다'고 니체처럼 선언하며 붓을 꺾어 유명세를 치렀다.

부자니까 우아하게 생업을 내다 버릴 수도 있는 거겠지만, 어쨌든 모두 고다미가 이 시대 마지막 남은 예술가라고 치켜세웠다.

그러나 아내는 결혼 후부터 제대로 된 그림 한 장을 그리지 못했다. 사실 그전부터 나는 아내의 그림을 이해하기 힘들었다. 어둡고 답답해 보고 있으면 숨이 막히고 기분이 나빴다. 그런 그림에 미술평론가와 컬렉터들이 왜 환호하는지 기가 막혔다. 나는 아내가 그림을 그리지 않으면 그녀의 예민함이 가라앉을 줄 알았다. 예술가 흉내를 내며 갖은 포악을 떨 줄은 몰랐다.

아무도 들어오지 않는 응접실의 블라인드가 2mm 정도 접혔다며 나를 이틀 동안 닦달하거나 한밤중에 일어나 술을 마시고 혼자 귀신처럼 흐느끼는 건 애교였고, 갑자기 바스키아의 영혼이 들러붙었는지 거실 한 벽면에 낙서를 한 일은 용서할 수 없었다. 다이아몬드 모양의 패턴이 음각된 빈티지 벽재는 이태리에서 수입해 온 물건이고 다시 구하려야 구할 수 없는 것이었다.

다미는 그런 것들을 밭에 굴러다니는 개똥벌레 취급했지만, 내게 그런 사치품들은 엄격하게 지켜야 할 자산이었다. 나는 내 수준을 잘 알았다. 사람들의 말대로 나는 억세게 운 좋은 사내였고 아내 덕분에 많은 것을 손쉽게 누렸다. 외제 차, 빠른 승진, 명품 옷, 값비싼 유흥과 취미들.

내 처지를 알고부터 다미는 내 연봉을 비롯한 주머니 사정을 한 번도 물어보지 않았다. 모든 계산은 다미 앞으로 돌려놨다. 들어온 월급은 모두 내 마음대로 썼다. 고액의 보너스를 받거나 투자한 주식의 값이 크게 올라 한턱을 쏘거나 하는, 소소한 즐거움은 우리 사이에 존재하지 않았다. 돈에 얽매여 본 적 없는 다미는 그런 것의 의미를 몰랐다.

전세기를 타고 등교하는 학생들이 있는 국제 학교를 나온 뒤, 유명한 화백들을 집으로 불러 개인 과외를 받으면서 살아온 여자였다. 나를 만나지 않았다면, 사교계의 테두리 밖 풍경을 평생 몰랐을 것이다. 다미는 차곡차곡 모은 적금으로 사기꾼에게 집을 산 남편을 이해하지 못했다.

STAGE. 1

금슬 좋던 우리가 어긋나기 시작한 건 내가 아내의 목걸이를 훔치고부터였다. 내 말은 그러니까, 우리 관계에 있어 초코페는 아무 상관 없는 사람이라는 얘기다.

낡아 빠진 슬레이트 지붕 아래 사는 부모님께 좋은 집을 선물하고 싶었다. 며느리를 가끔 마주칠 때마다 황송해하는 부모님은 매번 두 팔 무겁게 먹을 것을 준비해 오고, 가볍게 돌아가셨다. 우리 집이 불편해서 싫다며 날이 저물기 전에 자리를 털고 일어났다. 주무시고 가세요, 어머님. 이런 말을 다미는 해 본 적이 없다. 해야 하는 건지도 몰랐다. 그쪽 집안 가풍이 징그럽게 개인주의적이라서 원망하지 않았다. 그런 사람이니까, 하고 넘어갔다. 그래서 다미가 별 볼 일 없는 나를 택했을까.

내 전 재산을 끌어모아 부모님에게 좋은 타운 하우스를 선물하고, 집 앞에 있는 너른 밭을 샀다. 부모님은 입에 침이 마르도록 아내를 칭찬했다. 아들이 부자랑 사니 우리도 살 만하구나. 이게 낙수효과지. 당신도 참, 너무 좋아하지 말아요. 우리도 체면 있는 사람들이잖아. 사돈어른한테 뭘 선물로 드리면 될까. 두 사람이 모처럼 오순도순 그런 대화를 나눈 것을 기억한다.

하지만, 내가 산 집에는 주인이 따로 있었고 나는 근방의 유지라던 유령 인물에게 집값을 지불한

셈이었다. 뭐에 씌었었는지 돌이킬 수 없는 실수를 저질렀다. 예전에 살던 집까지 팔아 마련한 집이어서, 빨리 조치를 취하지 않으면 부모님이 슬레이트 지붕 집보다 더 좋지 않은 컨테이너에서 살게 될 위기였다.

다미에게 상의를 하는 대신에 나는 그녀의 보석함에서 오랫동안 잠자고 있던 패물에 손을 댔다. 엄지손톱만 한 루비가 박힌 진주 목걸이와 명품 시계를 들고 보석상에 찾아갔다. 이걸로 급한 불은 끌 수 있겠지. 흔해 빠졌다고 생각한 루비 목걸이가 엘리자베스 2세 여왕이 간직했던 장신구였으며, 값이 10억에 달하는 물건일 줄은 몰랐다. 보석상은 즉시 그 물건의 주인인 다미 쪽에 연락을 취했다. 목걸이는 고선, 즉 장인어른이 다미가 결혼할 때 선물로 물려준 것이라 했다.

다미는 보석상에게서 돌려받은 루비 목걸이를 나에게 건네며 직접 채워 달라고 말했다. 체인을 잡은 손에서 식은땀이 줄줄 새어 나왔다. 머리부터 발끝까지 밀려드는 수치심 때문에 견딜 수 없었다. 10억을 보안 시스템 하나 없이 아무렇게나 집에 두는 여자가 내 아내였다. 하하하.

"미안해."
"사기당한 걸 왜 말하지 않은 거야? 화가 난다. 당신 부모님 계실 곳은 내가 알아볼게. 그리고

STAGE. 1

이제부터 당신 재산도 에리카가 맡을 거야. 수수
료는 내가 낼 거니까 걱정 마."

"됐어."

"당신이 또 내 목걸이를 가져가면, 사랑을 유지
하기가 힘들 것 같아서 그래."

다 잃어서 관리할 재산이 없다는 말은 하지 못했
다. 자존심이 발밑까지 떨어졌다. 목걸이가 잘 보
이는지 거울을 확인하는 다미가 꼴도 보기 싫었다.

나는 아내가 시키는 대로 콧대 높은 에리카를 만
났다. 최상류층만 맡아서 자산관리를 한다는 투자
자인 에리카에게 내 계좌를 오픈할 수는 없었다.
눈치 빠른 에리카 역시 큰 기대는 하지 않았던 듯
커피를 홀짝이며 수시로 오는 전화를 받느라 바빴
다. 남미 쪽 피가 섞여 적당히 까만 피부에 가슴과
엉덩이가 보기 좋게 발달한 매력적인 여자였다.

나를 꼴뚜기 취급하는 에리카 앞에서 담배를 피
우며 슬픈 미소를 지었다. 나는 어떻게 하면 여자
들의 모성애를 자극할 수 있는지, 잘 알고 있었다.
에리카에게 적당히 아내 흉을 보며 친밀감을 쌓았
고, 적당히 권태로운 표정을 짓다가 눈앞의 그녀에
게 키스를 했다. 에리카는 거부하지 않았다. 호텔
로 데려가 에리카의 젖꼭지를 빨며 아내에게 복수
하는 기분을 즐겼다. 나는 결코 사정하지 않았다.
에리카가 싱거운 여자여서 잘 안된다는 듯 미안하

다고 말했다. 스스로를 외딴섬에 던진 것처럼 더러운 기분이었다.

복수가 이런 것이라면, 다시는 하지 않을 테다. 내 인생은 멍청하고 힘만 센 아이가 강제로 끼워 맞춘 레고 블록 같았다. 겉에서 보기엔 멀쩡했지만, '고다미'라는 전환점을 맞이하면서 서서히 균열이 생기고 있었다. 그 시기에 초코페가 온 것이다. 운명처럼.

2차에 가자는 친구들을 물리치고, 오른쪽 눈꺼풀을 두 번 두드려 밀림을 켰다. 밀림에 입사를 한 뒤에 곧바로 VR 렌즈 삽입 시술을 받았다. 접속할 때마다 귀찮은 플라스틱 안경을 끼지 않아도 됐다. 요즘엔 웨어러블이 대세였다. 지갑이든 뭐든 바코드로 만들어 몸에 심고 박는다.

초코페. 나는 그녀의 이름을 불렀다. 5분 뒤, 초코페가 "남편, 하이." 하며 기분 좋게 웃었다. 빨간 단발머리, 귀여운 배꼽, 통통한 발목까지 모두 다 사랑스러운 나의 가상 아내. 문득 그녀를 실제로 만나 보고 싶다는 생각이 들었다.

"초코페. 우리 만날까. 너한테 선물도 사 주고, 네 눈동자에 키스하고 싶어."

나는 술김에, 실제로 만나 환상을 깨지 말자는 처음의 약속을 깨고 부탁했다.

STAGE. 1

"미로의 숲 알아? 올해 이벤트 거기에서 열린다고 소문이 파다하던데. 미리 답사 가 볼까? 고다미 집이 어떤 곳인지 궁금하기도 하고."

한참 뜸을 들이던 초코페는 나의 오프라인 만남 제안을 받아들이며 말했다.

'미로의 숲'이 초코페 입에서 나오자, 나는 혹시 그녀가 아내가 심어 둔 스파이 아닐까 하는 의심이 들었다. 다미는 제집 앞마당인 미로의 숲을 무서워했다. 어렸을 때 그곳에서 자주 길을 잃어버렸고 귀신을 봤다고 했다. 장인이 만든 '고다미의 집'은 3층 건물로 지어진 본채와 작업실, 바다와 연결된 뒷마당, 그리고 앞마당이자 관광객들의 놀이터인 미로의 숲으로 구성되어 있다.

미로의 숲에서 우리 집 현관까지 가는 출구를 아무도 찾지 못해 관광객들의 발길은 딱 거기까지였다. 이런 점에서 장인은 남들 말대로 특별한 천재이긴 했다.

올해 밀림의 이벤트가 우리 집 앞마당에서 열린다니 그것만큼의 희소식이 없었다. 나는 언제고 마음만 먹으면, 밀림에서 준비한 다섯 개의 퍼랭 조각을 찾아 승자가 될 확률이 높았다. 퍼랭은 타조알 모양의 알이다. 알은 그 해의 게임 규모에 따라 다섯 개 혹은 여섯 개로 나뉜다. 실제로 퍼랭 조각이 숨겨져 있는 것이 아니라서 오프라인으로 찾기

50 · 51

는 불가능하고, 밀림을 켜야만 신비한 푸른색 퍼렁 조각이 발하는 빛을 볼 수 있게 된다.

초코페가 원한다면, 1800평 규모인 미로의 숲을 가이드해 줄 수도 있을 것이다. 내가 얼마나 이곳 지리에 밝은지, 그리하여 내가 얼마나 유능한 남편 인지 그녀가 알아볼 수 있게.

스물두 살의 초코페와 비슷해 보이도록 나는 고 심 끝에 스누피가 그려진 티셔츠와 청바지를 골랐 다. 결혼을 하고 나서 초코페에게 실제 내 나이를 말해 줬다. 배신감을 느껴 그만두자고 할까 봐 잔 뜩 긴장하고 있는데, 그녀는 예상했다는 듯 고개를 끄덕였다.

"여보야. 아저씨인 거 너무 티 나서 처음부터 알고 있었어. 무슨 상관이야. 어차피 실제로 만날 것도 아닌데, 괜찮아. 대머리 배불뚝이만 아니면 돼."

초코페는 쿨하게 받아들였다. 대머리도 배불뚝 이도 아닌, 내 모습을 초코페는 아마 좋아할 것이 다. 술집이나 클럽에 가면 종종 여자들의 유혹을 받아 왔다. 다미와의 신뢰를 저버리고 싶지 않아서 무심하게 대했을 뿐, 만나려면 수십 번도 만날 수 있었다.

덜 마른 머리카락을 털며 집에서 나왔다. 밀림을 켜 초코페에게 전화를 걸었다.

STAGE. 1

"5분 뒤 도착."

"나도 곧 도착해. 분수대 앞에 있을게. 어떤 사람이 난지 여보가 알아맞혀 봐. 참고로, 내 머리색은 빨간색이 아니야."

초코페가 빨간색 머리카락 끝을 돌돌 말며 말했다. 막상 만나려니 자신감이 없어진 듯 말끝이 흐려졌다. 길거리에 나가 보면 요즘 애들 다 예쁘던데.

"너 많이 못생겼니?"

"에?! 아니! 무슨 소리야. 나 예쁘다고."

단순한 그녀는 놀리면 발끈했고, 슬프면 곧장 눈물 흘렸고, 애정 표현은 풍부했다. 내가 킥킥거리자 초코페는 한결 누그러진 얼굴로 말했다.

"오늘 목표는 포커페이스야. 서로를 확인한 뒤, 실망이나 기쁨 같은 거 표현하지 말기."

초코페의 제안에 나는 그러자고 답했다. 이런 유치함이 좋았다. 깨끗한 토끼 앞니가 조잘조잘댔다. 실제로 토끼 앞니만은 가지고 있었으면 좋겠다.

밀림 이벤트의 영향으로, 평일인데도 미로의 숲에서는 유저로 보이는 사람들이 진을 치기 시작했다. 밀림은 매해 퍼렁 조각 전체를 가장 빨리 찾는 사람에게 실제 집을 퀘스트 보상으로 준다. 유저가 게임 내에서 살고 있는 집과 똑같은 실제 집을 지어 주는데 벌써 올해가 9회째다. 위치는 우승자가 원하는 장소로 고를 수 있었다. 밀림의 연말 이벤트에서 우승한다는 건 로또를 맞는 거나 다름없었다. 우승자들이 평균 30억대의 집을 선물로 받았다는 조사 결과가 나와 있었다.

초코페와 나는 오픈 스튜디오처럼 구성된 D랜드 구역의 오피스텔에 살고 있었다. 초코페는 층고가 높아 집이 탁 트여 있어서 좋다고 했다. 둘이 함께 크고 작은 퀘스트를 완료하고 받은 포인트를 모아 우리는 커튼을 비롯한 가구를 구입했다. 모닝스타가 생기고 나서는 그런 소소한 기쁨을 누리기가 빠듯해졌지만, 대신 다른 목표에서 즐거움을 찾았다. 우리는 모닝스타를 키우면서 얻는 포인트를 꼬박꼬박 저축했다. 더 높은 구역으로 가기 위해서.

D랜드 구역은 포인트를 비교적 알뜰하게 모은 유저들이 모여 있어 정다운 느낌이 나는 동네였지만 모래 폭풍이 자주 일어났고, 그 때문에 창문을 마음대로 열기가 힘들었다. 밀림에서는 부부가 함께 미션을 수행하고 NPC 아이를 여럿 둘수록 포인트를 얻을 기회가 많아져, 더 좋은 구역으로 이사를 갈 수 있게 되어 있었다. 최근 초코페와 나는 반년 안에 C등급을 딴다는 목표를 세웠다. C랜드로 이사해 힙스터들이 많이 산다는 동네로 가고 싶었다. 거기서는 가끔 유명인도 만날 수 있다고 했다. 최고 등급 구역인 A랜드는 재난과 폭동, 천재

STAGE. 1

지변으로부터 100% 안전했다. 열심히만 하면 게임 속에서 최고의 파트너와 함께 최고의 인생을 얼마든지 살 수 있었다.

나는 차곡차곡 단계를 밟아 올라가는 밀림의 코스가 좋았다. 빠르지 않아도 괜찮다. 천천히 초코페와 결혼 생활을 즐기면 된다. 좋은 파트너를 찾아 좀비처럼 밀림 숲을 떠돌아다니는 다른 사람들에 비하면 나는 행운아였다.

연말이 되면 유저들은 이벤트 우승자가 되기 위해 포인트를 불법으로 사고팔았고, 전문 브로커들의 꼬임에 넘어가 재산을 탕진한 초보들이 한강에 시체로 떠오르곤 했다.

밀림의 시대였다. VR 렌즈 글램업을 삽입하지 않은 사람은 거의 없었다. 내가 아는 두 예술가 고선과 고다미만 빼고. 그런데 왜 밀림은 올해 이벤트 장소를 여기로 정했을까. 시내로 나가려면 차를 타고 30분은 가야 할 정도로 접근성이 떨어지는 곳이다. 1800평이라고 하지만, 유저들이 작정하고 덤빈다면 금방 게임이 끝날 것이다.

바람을 맞은 것일까. 초코페는 한 시간이 지나도록 오지 않았다. 접속도 끊겨 있었다. 혼자 밀림에 접속해 집에 들어가 모닝스타가 잘 있는지 확인했다. 초코페를 닮아 빨간 머리를 가진 모닝스타는 이제 게임 나이로 두 살이 되었고 말을 곧잘 배워서 영어와 한국어, 최근엔 스페인어까지 습득하기 시작했다. 모닝스타, 엄마 어디 갔니?

"The mother who spoils her child fattens a serpent.(아이를 버릇없이 키우는 어머니는 뱀을 키우는 것이다.)"

유창하게 혀를 굴리며 모닝스타가 대답했다. 아이를 세계에서 가장 똑똑한 영재로 키우겠다는 초코페의 의지에 잘 따라오는 딸이었다. 하지만 초코페도 애가 방금 뭐라고 했는지 모를 것이다. 초코페에게 다시 메시지를 남기려는 찰나 화면에 축포가 터지면서 빨간 글씨로 속보가 떴다.

〈올해 밀림 이벤트의 우승 선물은 더 특별합니다. 천재 건축가 고선의 마지막 작품을 선물로 가져가게 됩니다.〉

그랬군. 그래서 이번 이벤트 장소가 우리 집 앞마당이 된 거군. 그나저나 고선의 마지막 작품이면 최소 몇백억 이상의 가치가 있을 것이다. 고다미의 집 감정가가 현재 300억대에 달한다는 기사를 봤다. 장인이 만든 건축물들은 웅장한 조형미를 추구하느라 하나같이 스케일이 컸다. 그의 마지막 작품이라니. 너무 탐이 나서, 오지 않는 초코페를 잠시

STAGE. 1

잊어버렸다.

지난 몇 년간 안부 전화만 하고 별다른 교류를 하지 않았다고 해도 그렇지, 장인은 하나뿐인 사위를 이런 식으로 따돌리고 싶을까. 다미 역시 몰랐을 것이다. 장인과 아내 사이에는 내가 모르는 과거사가 얽혀 있어서 두 사람이 만나면 불꽃이 튀었다.

밀림의 가상 오피스인 '밀리머'에 들어가 기획 팀장에게 면담을 요청했다. 과거 나를 마약 파티에 초대했던 후배 놈이 작년에 승진해 기획 팀장을 맡고 있었다. 명색이 밀림 서비스 개발 1팀장인 나에게 어떻게 한 마디 언질도 없이 이벤트 발표를 했는지 따질 요량이었다. 기다리라는 한 팀원의 말을 무시하고 기획 팀장실의 문을 거의 부술 듯이 쳐들어갔다.

"야. 너 내가 웃겨? 내가 투명 인간으로 보여? 누구 맘대로 내 집 마당에서 이벤트를 열어? 집주인 허락도 안 받고 니들 멋대로 게임을 해? 어?!"

내게 멱살을 잡힌 기획 팀장은 눈 하나 깜짝 않고 대답했다.

"공동 명의가 아니더라고요, 선배. 집주인인 고다미 씨가 사인했어요. 난 당연히 선배도 아는 줄 알았지. 아니 와이프가 그런 것도 말을 안 해 줘? 진짜 소문대로 쇼윈도 부부야?"

고다미가 어디까지 내 자존심을 갉아먹을지 모르겠다.

다미는 비가 오는 우중충한 중정에서 차를 마시고 있었다. 역시 붓에는 손도 대지 않은 게 분명했다. 그녀의 손톱은 지워지지 않은 유화물감 없이 투명하게 깨끗했다. 먼저 보자고 한 건 다미였다. 나는 밀림의 이벤트 건을 따지고 싶었지만 입 밖에 내어 비참한 기분을 맞이하고 싶지 않았다. 더구나 다미는 빌어먹을 놈의 영국 여왕이 가지고 있었다는 루비 목걸이를 착용하고 있었다. 나를 살살 괴롭히고 싶은 모양이었다.

나를 바람맞힌 이후로 2주째, 초코페는 밀림에 접속하지 않았다. 하여 나는 매우 초조한 기분으로 하루하루를 나고 있었다. 밀림은 파트너십이 중요한 게임이다. 혼자서는 이벤트 참여를 할 수 없고, 그녀가 없으면 우리의 보석 모닝스타를 영영 잃게 된다. 이대로라면 얼마 안 가 금방 G랜드까지 곤두박질칠 것이다. 이래저래 나는 다미가 독단적으로 응한 이벤트 건에 대해서 제대로 물을 수 있는 정신 상태가 아니었다.

"이거 되게 좋더라."

아내는 구형 모델 글램업 안경을 꺼내 쓰며 덧붙였다.

STAGE. 1

"당신 집도 좋더라고."

나는 키미가 내온 뜨거운 차에 혀를 데어 찬물을 들이켰다.

초코페가 사라진 후, 집에는 영문을 알 수 없는 일이 벌어져 있었다. 끈 속옷이 놓여 있고 낯선 향기가 나서 나 몰래 초코페가 다녀간 거라 생각했다. 그때 초코페가 모닝스타의 죽음을 발견하고, 죄책감을 느껴 접속을 끊었다고 여겼다. 그래서 나는 어떻게든 내 뜻을 전하기 위해(아이의 죽음은 네 탓이 아냐, 임신 모드로 다시 진행하고 아이를 또 가지면 돼.) 초코페의 행방을 수소문했다. 나의 세 달 치 월급에 해당하는 비용을 지불해 가며 가장 큰 팝업 광고판에 광고를 띄웠다. 자신이 초코페라며 비슷하게 생긴 아바타들이 연락을 해 왔지만, 그중 진짜 초코페는 없었다.

"끈 팬티가 당신이야?"

다미는 여전히 구형 글램업을 낀 채 내 물음에 고개를 끄덕였다.

안경에 가려 다미의 눈이 제대로 보이지 않았다. 장인의 짙고 깊은 올빼미 눈을 그대로 빼다 박은 눈이 보이지 않았다. 나는 화를 내야 할지 미안하다고 하는 게 맞을지 취해야 할 포지션이 애매하다는 생각이 들어서 가만 있었다. 사실 모닝스타만 없었다면, 그녀에게 죄책감을 가질 필요도 없었을 것이다.

"심심해서 장난 좀 쳐 봤어. 세컨드 와이프 사진 봤어. 귀엽더라. 아닌가. 내가 세컨드인가? 당신은 밤에 잠들어 있는 시간 빼고는 항상 거기에서 사니까. 거기가 본거지인 거지?"

"다미야. 질문을 하고 싶으면, 질문을 해. 너는 왜 항상 말을 비꼬아."

다미는 글램업을 벗고, 나를 노려봤다. 나는 금방 움찔하며 시선을 피했다. 연애 시절, 다미가 화를 내면 나는 패닉 상태에 빠져 어쩔 줄을 몰라 했다. 가만히 놔두면 덧문을 더 꽁꽁 잠그는 스타일이어서 세상을 다 줄 듯 그녀의 비위를 맞췄다. 아직도 내가 그럴 줄 아는지 다미는 한참 동안 말없이 내 사과를 기다렸다. 천만에. 나 역시 침묵을 지켰다.

"당신은 왜 여기에 있는 거야?"

못 참겠다는 듯 다미가 먼저 침묵을 깼다.

"널 사랑하니까 여기 있지."

나는 다미가 원하는 대답을 말한다. 제발 좀, 그만해 줘라! 다미의 뾰족한 턱을 움켜쥔 채 소리치고 싶은 마음을 가까스로 참는다. 수시로 다미는 그것에 대해 묻고 집착했다. 날 사랑해? 아직도 그래? 내가 나이 들어서 매력이 없지? 정말 그래? 사랑이 뭐야? 쓸데없는 질문의 무한반복.

"밀림엔 어떻게 들어간 거야? 설마 돈 썼어? 자긴 그런 데 돈 쓰는 걸 한심해하잖아."
"애가 죽었더라."

다미는 모닝스타에 대해 말하고 싶어 했다. 그녀가 모닝스타를 죽인 게 아닐까. 나는 진실을 확인해 보고자 모험을 시도했다.

"그래, 죽었지. 괜찮아. 그까짓 NPC. 애정 없었어."

아내의 눈 밑 얇은 피부 아래 근육이 파르르 떨리는 걸 확인한다. 이 대답을 원한 게 아니었나.

모닝스타에게 애정이 없었다면 거짓말이다. 초코페를 닮은 곱슬거리는 붉은색 머리와 순두부 같은 촉감이 사랑스러웠다. 맡아 볼 기회가 없었던 아기 냄새가 무엇인지 알게 됐다. 우리는 아기의 웃는 모습을 보기 위해 번갈아 가며 재롱을 떨었고, 아기가 웃으면 희망이란 단어에 새삼 의미가 부여됐다. 꿈꾸지 않았던 많은 미래들을, 예컨대 밀림에서 이룬 진짜 가정을 현실에서도 이뤄 보면 어떨까, 를 생각했다. 고선의 취향이 아닌, 온전히 내 취향이 반영된 그런 진짜 집을 내 힘으로 갖고 싶었다.

다미는 아이를 유산했다. 임신 기간 내내 잦은

출혈 때문에 병원을 수시로 찾았다. 다미는 임산부 치고 드물게도 하루가 다르게 말라 갔고 힘들어했다. 죽은 아이를 배 속에서 꺼내야 했을 때는 우리 둘 다 죽고 싶었다. 샛별이 뭐냐, 별이란 단어도 금기어가 되었다. 서로가 서로를 안 보는 틈에 눈물을 흘리고 아무 일 없는 척 거짓된 날들을 보냈다. 지진과 대형 산불, 천재지변이 뉴스에 나오면 나는 그렇지, 고개를 끄덕이며 요즘 세상에 아이를 갖는 건 죄를 짓는 일이라고 말했다. 그때마다 다미는 입을 다물었다. 다미는 다시는 아이를 가지려는 시도를 하지 않겠다고 말했다. 대신 아이를 입양하자고 제안했다. 실제 다미와 나는 몇 달에 걸쳐 입양아를 찾았지만, 마지막 단계에서 고사하는 쪽은 언제나 다미였다.

아. 모닝스타.

그 애가 죽은 후 나는 그 집에 가지 않았다. 장례를 한 달 이내에 치르지 않으면 모닝스타는 초록색 꺼칠한 피부를 가진 좀비 아이로 변할 것이다. 좀비 아이는 제대로 아이를 기르지 못한 부부에게 밀림이 주는 일종의 페널티로, 그야말로 지랄 맞은 괴물이 집 안에서 자라나는 셈이었다. 좀비 아이를 데리고 있는 부부는 좀비 아이에게 물려 같은 좀비로 변해 사라지거나 가족 관계가 파탄 나서 플레이가 불가능해진다. 내가 기필코 초코페를 찾으려는

STAGE. 1

이유도 거기에 있었다.

초코페와 함께한 지난 2년 동안, 레벨을 상승시켜 E랜드에서 D랜드로 올라가기까지 맞았던 희열과 애정이 마음속에 여전히 선명했다. 우리 사이엔 아직 할 일이 많이 남아 있었다.

그래, 세컨드는 고다미였다. 나는 초코페가 사라지고 나서야 그녀와 함께 진짜 아이를 낳고, 가정을 이루려는 꿈을 꿨다는 것을 깨달았다. 갑작스럽게 물거품이 된 꿈을 털어 내며 나는 다미의 손을 잡았다.

"난 밀림에서 일하는 밀림의 직원이야. 당연히 모니터링을 하고 직접 플레이해 봐야 된다고. 비즈니스야. 당신은 집에만 있어서 잘 모르잖아. 다른 직원들도 다 이렇게 가상으로 아내를 두고, 아이도 낳으면서 살아. 일이니까."

"그래? 없어진 가상 와이프 찾는다고 거액의 광고판을 내거는 사람이 할 소리가 아닌 것 같은데 말이야."

"아, 그거. 설명할게. 광고판을 한시적으로 테스트할 필요가 있었어. 마음만 먹으면 다른 팀한테 내 와이프 로그 기록 찾아 달라 하고, 개인 정보 들여다보는 거 일도 아니야. 그런데 광고 내걸었잖아. 내부적으로 광고 테스트한 거야."

다미가 속을까.

"정보 팀에 부탁할 수 없었겠지. 넌 낙하산이라, 다들 싫어하잖아."

속을 리가 없다. 나는 시간을 벌려고 구차한 변명을 늘어놓으며 머리 회전 속도를 높이려 했다. 그런데 잘 안된다. 다미가 울기 시작했다. 나와 동갑인 다미는 벌써부터 갱년기가 오는지 전보다 자주 눈물 바람이었다. 멀리서 키미가 다가오는 게 보였다. 키미는 아내의 감정 변화에 즉각 반응한다. 신경안정제를 주거나 혈압을 체크하고, 슬픔을 가늠하면서 안정에 도움이 되는 음악을 틀어 준다. 나의 어설픈 위로보다 키미의 데이터베이스 기반 대처가 훨씬 정확하다. 우리 사이에 끼어든 키미가 내게 손을 내민다. 내 퇴장이 그녀에게 도움이 된다고 판단한 모양이다. 키미. 널 들인 건 난데, 나를 깍두기 취급을 해. 키미는 분명 내 속의 분노를 읽었겠지만 반응하지 않는다. 나는 그저 키미의 안내에 따라 자리를 뜬다. 등 뒤로 아내의 울음이 길게 달라붙었다.

"당장 내 집에서 나가. 나 당신이랑 함께 있는 거 끔찍해."

내 집. 그래, 이 집에 잠시 얹혀살던 나는 당장 짐을 꾸리고, 다미의 소원대로 집을 나섰다. 내 집

STAGE. 1

은 D랜드에 있었다. 초코페와 함께 사는. 하하, 작은 일에 자지러지게 웃는 옥타브 높은 그 목소리. 그리웠다.

집에서 15km 떨어진 근처 유일한 러브호텔에 혼자 들어가 보름치 숙박비를 계산했다. 다미에게 쫓겨난 지 사흘 만에 장인의 부고 소식을 들었다. 다미가 장례식에 오지 않을 것 같으니 사위라도 와서 체면을 살려 달라는 메건의 부탁을 거절할 수 없었다. 소식을 들은 부모님은 이미 장례식장에 도착해 있었다. 순진한 부모님은 혼자 온 나를 보며 궁궐 같은 집에서 혼자 있을 며느리를 걱정했다. 홍어무침과 한우가 들어간 육개장을 먹은 어머니는 역시 있는 집은 음식도 다르다며 성대한 장례식을 침이 마르도록 칭찬했다.

"정말 유산을 전부 다 다미한테 넘겼대? 그래도, 너한테 조금은 주겠지. 도의상."

어머니가 문상객들의 어마어마한 줄을 확인하며 조심스럽게 물었다.

유산은 무슨. 메건에게 잠깐 들은 바로는 고선과 하룻밤 스친 여자들까지 줄줄이 나타나 소송전을 펼칠 예정이라 했다. 오랜 시간 고선의 뒤처리를 담당했던 메건이 유산을 대체 얼마나 뜯어 갔을지 궁금했지만 차마 물어보지 못했다. 여우 같은 놈에게 물어 봤자, 알고 싶으면 자신의 방으로 오라며 내 귓바퀴에 바람을 불고는 몸을 비비 꼬아 댈 것이다. 더러운 호모 새끼.

"자기가 스트레이트인 건 알아. 정 안되면, 우리 밀림에서 아바타로 만날 수도 있어."

언젠가 메건이 내게 그런 식으로 유혹을 했고 나는 구역질을 참으며 그 사실을 다미에게 말했다. 그냥 한 번 박아 줘. 가끔 다미는 내 예상을 벗어나 천박한 말들을 아무렇지 않게 농담으로 내뱉었고 그때마다 나는 나만이 독점한 그녀의 모습을 꽤 예뻐했다. 우리에게 그런 시절이 있긴 했다. 끝없는 탐닉과 열정, 서로에 대한 완벽한 독점. 그녀는 내 육체와 정신을 뜯어먹으면서도, 아주 조금의 부(富)조차 나눠 주려 하지 않았다. 고선이 허락하지 않을 거라는 핑계를 대면서 말이다.

고선의 장례를 치르고, 다미에게 잘 끝마쳤다고 문자를 보냈다. 집구석에 있으면서 어떻게 아버지의 장례에 단 한 차례도 얼굴을 들이밀지 않는지 내 상식으로는 이해할 수 없었다. 이럴 때 나는 그녀와 내가 같은 종의 인간이라는 사실에 새삼 놀란다. 분명히 외계에서 날아왔을 거다. 고선이나 고다미나.

초코페는 여전히 깜깜무소식이었다. 나는 쓸쓸

STAGE. 1

한 기분으로 가상의 집을 들렀다. 모닝스타는 예상 대로 초록색 좀비로 변해 어기적거리며 집 안을 정처 없이 돌아다녔다. 그 애가 창문을 부쉈는지 유리창에 죄다 금이 가 있었다. 그것은 버려진 집, 초코페의 부재를 다시 한번 상기시켰다. 모닝스타는 핏을 모아 산 고급 소파가 음식인 줄 알았는지 물어뜯었다. 터진 솜과 실밥들, 아니 그렇게 뜯으면 되팔 수도 없단 말이야. 방문객 모드로 지켜보던 나는 설정을 기본 모드로 바꾸고 모닝스타의 머리를 발로 뻥 찼다.

그 애의 머리통이 장식용으로 사 둔 청동 촛대에 부딪히면서 바닥으로 굴렀다. 머리에서 초록색 피가 흘렀다. 모닝스타가 나를 발견하고 달려들었다. 감히 네가 아빠를 몰라보고 대들어?! 나는 모닝스타가 너무 미워서 죽이고 싶었다. 그 애 때문에 초코페가 사라지고, 나의 꿈과 사랑을 모두 잃었다고 원망하고 싶은 마음이 들었다. 아빠와 딸은 마치 고선과 고다미처럼 서로를 증오하며 돌진했다. 모닝스타의 목을 꽉 움켜쥐었다. 연약한 살성은 어디 갔는지 달의 표면처럼 거친 피부가 생경하게 다가왔다.

그때 전화가 왔다. 그동안 내 연락을 씹은 다미였다. 모닝스타가 나를 물기 전, 글램업을 껐다. 전화를 받아 보니 다미가 아니라 에리카였다. 에리카는 집으로 올 것을 요청했다.

"날 부르고 싶으면, 아내 먼저 바꿔 줘. 직접 통
화하고 싶으니."

내가 오라면 오고 가라면 가는 개인가. 화면을
통해 다미가 모습을 드러냈다. 곱게 화장을 한 얼
굴은 모처럼 혈색이 좋아 보였다. 지 아버지가 죽
었으니 썩은 이가 빠진 것처럼 시원한 모양이었다.

"초코페가 집으로 올 거야. 당신 그 여자 보고 싶
어 했잖아. 같이 봐."

뭐?! 초코페가 온다고? 어떻게 그녀를 찾았는지
는 묻지 않아도 알 수 있었다. 내가 힘든 길을 가며
어렵게 해내는 일을 다미는 언제나 돈으로 쉽게 해
결했다.

"당신 표정 관리 좀 해, 너무 좋아한다. 짜증 나게."

다미는 신경질을 부리며 화면에서 사라졌다.

STAGE. 1

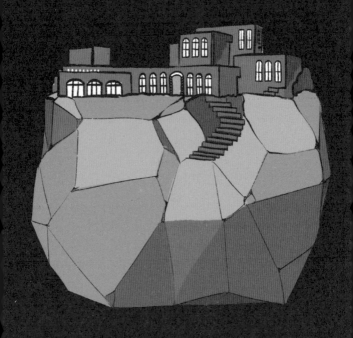

STAGE. 2

초코페/이초영

창밖으로 진초록의 드넓은 평원이 펼쳐졌다. 밀림에서나 보던 자연경관에 할 말을 잃어버렸다. 이 동네에는 그 흔한 주택 한 채가 없었고, 잘 닦인 4차선 도로는 시원하게 뻥 뚫려 있었다. 이 근방 땅이 전부 고다미의 것이라고 했다. 잘사는 사람들이 있는 곳은 공기조차 신선했다. 조수석에 앉은 엄마가 뒤를 돌아봤다. 내 얼굴을 이리저리 보더니 빈티나게 생겨서 다행이라고 했다. 나는 말없이 버튼을 눌러 차창을 끝까지 열고 고개를 돌렸다. 매일 이런 풍경을 보고 사는 사람들은 어떻게 생겼을까.

"야. 미친년이 바람 들었나, 문 닫아."

운전대를 잡은 아빠의 욕설이 날아들었다. 걸핏하면 욕설을 내뱉고 폭력을 행사하는 그가 윽박지르는 소리에 놀라 황급히 차창을 올렸다. 엄마는 애써 미용실 가서 모양낸 머리 스타일이 망가진다며 그의 편을 들었다. 연신 파우더를 두들기는 엄마는 그들에게 돈을 뜯어내고 싶은 욕망, 그게 안된다면 간택을 당해 팔자를 고치고 싶은 욕망으로 안절부절못하게 된 모양이었다. 그건 아빠도 마찬가지인지 나는 태어나서 처음으로 그가 넥타이를 맨 모습을 보았다. 두 사람은 오늘을 위해 불철주야 돌아가는 공장 일과 호텔 하우스키핑, 복지 단체에서 배급하는 점심과 저녁 식사를 포기한 상태였다.

"오늘 하루에 쓴 돈만 50만 원이야. 그 열 배, 아니 백 배는 뜯어내야 돼. 호랑이 굴에 들어가서 호랑이한테 겁을 주고, 안 통하면 살살 달래면서 구슬리는 거야. 절대 예의 없이 굴지 마. 걔네 그런 거 치를 떨 정도로 싫어하니까."

벌써 열 번은 넘게 반복한 아빠의 말에 질려 누구도 대답하지 않았다.

S대를 나온 아빠는 너도나도 메타버스 붐에 편승했을 때 거대한 흐름에 미래를 걸었다. 개발자들을 데려와 스마트 안경을 개발하는 회사를 만들었다가 전 재산을 날렸다. 곧바로 밀림에서 눈에 전혀 부담을 주지 않는 스마트 렌즈 글램업을 출시했기 때문이다. 아빠는 S대 출신 비운의 사업가로 자신을 소개했는데, 술이 한두 잔 들어가면 소개 내

용이 무색하게도 입이 험해졌다.

부모가 가장 어려운 나날을 보내던 시절에 내가 태어났다고 하니, 그들 말대로 나는 '옴'일지 몰랐다. 재수 옴 붙었네, 씨발. 무슨 애새끼를 낳아. 기생충 아니야? 아빠는 엄마가 산부인과에서 받아 온 초음파사진을 보면서도 현실을 믿지 못했다. 새끼손톱만 한 나를 보며 기생충이라고 단정 지을 만큼 무정했다. 그리하여 나의 태명은 아무도 가져 본 적이 없을 세상 유일무이한 이름, 옴 새끼였다. 내가 그런 그들에게 사랑을 느끼지 않는 건 너무 당연했다. 차 안에 앉은 나는 그들에게 말하지 않은 나 혼자만의 욕망으로 들떴다.

아빠는 지하 주차장에 차를 댔고, 우리는 엘리베이터를 탔다. 그 안에 부착된 전신 거울을 통해 누추한 몰골을 확인하느라 부모는 정신이 없었다.

"애, 정신 차려!"

별안간 엄마의 매운 손이 뺨을 향해 날아왔다. 양쪽 뺨을 번갈아 세 대씩 때리고는 어깨까지 내려오는 내 머리를 멋대로 흩트려 놓았다.

"아픈 척하라고. 상처 입어서 재생이 불가능한 로봇같이. 엉? 알겠어?"

고개 끄덕.

STAGE. 2

"끄덕하지 말고 말로 대답해."

"네."

로봇이 어떻게 상처를 입어. 앞뒤가 안 맞는 말인데 대들 수 없었다. 엘리베이터 문이 열렸으니 그만하라는 뜻으로 아빠가 엄마를 한 번 쳐다봤다. 그리고 우리 모두를 향해 교양 있게 행동해, 라고 덧붙였다. 나는 배를 붙잡고 깔깔 웃고 싶은 마음을 참았다. 오늘 펼칠 역할극에는 디렉션이 많았다.

상처 입은. 로봇같이. 교양 있게.

고개를 푹 숙인 채 나는 부모 뒤를 따라갔다. 부모는 연신 주변을 두리번거렸지만, 어두운 실내에 쭉 이어진 로비에는 볼 것이 없었다. 그리고 갑자기 야외가 나왔다. 돌계단이 다섯 개, 양옆으로 이상하게 생긴 거대한 조각품이 두 개, 그리고 쌍여닫이 유리문이 우리를 그대로 반사했다. 어디에도 벨은 보이지 않았다. 문이 자동으로 열렸다. 빨간 원피스를 입은 여자가 조금의 형식적인 미소조차 띠지 않고 말했다.

"초코페 씨?"

아빠가 뒤에 있던 나를 한 번 보고, 대신 대답했다.

"네. 맞습니다."

여자는 아빠가 대답을 마치기 무섭게 복도를 향해 앞장섰다.

"안녕하세요. 저는 고다미 씨의 대리인인 에리카 윤입니다. 밀림에서 초코페 씨의 파트너였던 파르렛 씨도 와 계세요. 법적인 문제가 걸려 있어서 제가 불렀습니다. 파르렛 씨는 유부남이고, 아내분은 지금 이 문제를 그냥 넘기지 않을 작정이에요. 전화로 말씀드렸지만, 아내분은 화가 고다미 씨입니다."

복도 옆으로 방들이 보였고, 여자를 따라가니 넓은 응접실이 나왔다. 양쪽 벽의 반이 전부 통유리로 되어 있었고, 탁 트인 바다가 한눈에 보였다. 나도 모르게 소리를 질렀다. 와아아.

재빨리 엄마가 나를 째려봤다. 에리카는 처음으로 사금파리 같은 미소를 띠며 말했다.

"학생은 밖에서 기다려도 좋아요. 오른쪽 문으로 나가면 바로 바다로 향하는 계단이 나와요."

나는 고개를 끄덕였다가 얼른 다시 "네." 하고 대답했다.

가려는 내 팔을 세게 움켜쥔 건 아빠였다. 아빠는 성난 얼굴로 에리카를 노려보며 삿대질을 했다. 무슨 짓이야, 교양 있게 행동하라며.

"웃기고들 있네. 얘가 바로 초코페야! 우리도 그냥은 안 넘어갈 거야. 중학생 데려다가 꼬시고 결혼하고 임신시키고 씨발, 그게 할 짓이야?! 그

STAGE. 2

새끼 어디 갔어?! 당장 불러내! 불러와서, 내 앞
에 무릎 꿇고, 사과하게 해."

매력적인 남미계 혼혈 여성 앞에서도 아빠는 채
신머리를 챙기지 않았다. 아빠의 침 세례를 받은
에리카는 두 걸음 물러나며 나를 쳐다봤다. 농락당
한 가련한 여주인공. 그게 바로 나였다. 아빠의 목
소리는 공간감이 좋은 집 안에서 사방팔방 메아리
치듯 울렸다. 그의 쌍욕 때문인지 이쪽으로 다가오
는 두 사람의 발걸음 소리가 2층에서 들렸다. 우리
셋은 그쪽을 향해 고개를 돌렸다.

앞서 오는 여자는 고다미일 것이다. 그녀는 인터
넷에서 찾은 사진 속 모습보다 훨씬 청초하고 유
순해 보였다. 하얀 레이스가 수놓인 실크 드레스를
입고 있었고, 몸짓은 마치 나비처럼 하늘거렸다.
내려온 그녀가 우리를 훑는 눈빛에 물기가 가득 서
려 있었다. 더 솔직히 말하자면, 나는 고다미에게
반한 상태였다. 숱 많은 머리카락 아래로 드러난
긴 목선은 반듯하고 깨끗했다. 완벽한 조화를 이루
는 이목구비. 금가루를 뿌린 듯 그녀에게서 광채가
흘렀다. 살면서 처음 본 종족이었다. 우리가 같은
종이라는 게 도무지 이해가 되지 않았다. 그녀가
원한다면, 뭐든 다 바칠 수 있을 것만 같았다. 뒤에
서 아빠가 꼴깍 침 넘기는 소리가 들렸다. 그도 응
당 다른 차원의 아름다움에 반했으리라.

반보 뒤에서 그녀를 따라 내려오는 남자는 파르렛이겠지. 내 생각보다 천 배는 잘생겼고,(배불뚝이에 추남일 거라 생각해 왔다.) 외국 배우처럼 깊은 눈매가 인상적이었다. 그가 오프라인 만남을 제안했을 때 나가지 못했던 것이 너무 아까웠다. 그 만남은 파르렛과 내가 더 깊어질 수 있는 절호의 기회였다. 그의 눈은 빠르게 우리를 훑더니 시선을 돌렸다. 특히, 나는 안중에도 없는 듯했다.

"어어, 당신이 얘 파트너였어?"

기세가 한풀 꺾인 아빠가 파르렛에게 물었다. 파르렛은 기분이 별로 좋지 않은 듯 갈매기 눈썹을 움찔거렸다. 1인용 소파에는 고다미가, 그 옆 소파에는 에리카와 파르렛이, 그리고 맞은편에는 아빠와 나, 엄마가 순서대로 앉았다. 엄마는 내가 급체라도 걸렸다고 생각했는지 줄곧 내 등허리를 쓰다듬었다. 그와 동시에 아휴, 아휴. 죽는소리를 했다. 우리 가족 중 연기의 달인은 엄마가 아닐까.

에리카가 모인 사람들에게 서로의 소개를 간단히 했다. 에리카는 진짜 내 이름을 물었다.

"이초영이요. 밀림에서는 초코페였고요."
"몇 살이니?"

이번엔 파르렛이 물었다. 다정하기는커녕 따귀라도 한 대 때릴 듯 사나운 눈빛이었다.

STAGE. 2

"열여섯."

결혼한 사이니까 나는 존댓말을 하고 싶지 않았다.

"중 3?"
"1년 꿇어서 중 2."
"그럼, 2년 전에 만났으니까 그때는…"
"중학교 막 입학했을 때. 심심해서 엄마 이름으로 시작했어. 다른 애들처럼 용돈벌이 하려고."

파르렛은 에리카를 쳐다보며 말했다.

"그러니까 내가 사기를 당한 거잖아요. 어린애한테. 이 상황만 봐도 알 수 있죠. 우리는 실제로 만난 적도 없고, 바람피웠다는 것도 말이 안 되고, 단순히 게임을 한 거라는 걸요."
"사기?!"

이번엔 엄마와 아빠가 동시에 되물었다. 아빠가 금방 파르렛의 멱살이라도 잡을 듯 엉덩이를 들썩거리며 일어나려 하자 엄마가 말렸다. 파르렛은 고개를 쳐들고, 우리가 아닌 에리카를 봤다. 에리카에게 잘 보여야 한다고 생각하는 모양이었다. 하지만 정작 에리카는 내가 이렇게 어릴 줄은 몰랐는지 당혹스러운 표정이었다.

밀림은 18세 미만 이용 불가 서비스였고, 성인들이 즐길 수 있는 쾌락은 모두 햅틱 글러브와 수트를 통해 유저에게 전달되었다. 고가의 제품인 햅틱 글러브와 수트를 구할 수 없었던 나는, 파르렛과 사랑을 나눴지만, 한 번도 뭘 느껴 본 적이 없었다. 영화에서 본 사람들처럼 좋은 척만 했다. 에리카는 파르렛의 애타는 눈빛은 받아 주지 않고, 옆에 있던 고다미에게 눈짓을 했다. 두 사람은 잠시 자리를 비웠다. 그 때문에 그쪽이 불리하다는 건 쉽게 파악되었다.

전날, 아빠가 떠들었던 대로 내가 아직 미성년자라는 점이 결정적이었다. 파르렛은 결혼한 성인 남자인 데다 나를 찾는 광고판까지 내걸었다. 이건 이긴 게임이나 마찬가지였다. 혼자 남은 파르렛은 침묵을 지키며 커피를 마셨다. 아빠가 몇 살이냐고 물었지만, 그는 대답하지 않았다.

"스물여덟이래요. 저한테 그렇게 말했어요."

결혼사진 하나 없는 거실을 훑어보며 내가 대신 대답했다. 그가 내게 실제 나이를 얘기해 주긴 했지만, 나는 굳이 그거까진 밝히지 않았다. 부부끼리의 비밀로 해 두고 싶은 나의 배려라고나 할까.

"아무리 젊게 봐도, 내 또랜데요. 제가 서른다섯이거든요. 이이는 서른일곱이고."

엄마가 다시 채근하며 물었다.

"올해 서른여덟이에요."

STAGE. 2

대답을 한 것은 에리카와 얘기를 끝냈는지 불쑥 나타난 다미였다. 두 손에는 커피와 주스, 간단한 쿠키가 놓인 접시가 들려 있었다. 손님을 초대해 놓고서 이제까지 다과를 내오지 않았다는 얘기다. 다미는 나에게 주스를 건네며 눈을 맞춰 왔다. 살짝 처진 눈꼬리와 촘촘한 속눈썹 안쪽에 담긴 눈동자는 우호적이었다. 분명 웃고 있었고, 날 좋아한다고 느꼈다. 그래. 나는 어린 꼬마니까. 나 같은 애한테 질투를 느낄 리는 없겠지. 나는 단박에 다미가 좋아져서 어쩔 줄을 몰랐다. 눈이 마주칠 때마다 심장이 쿵쾅거렸다.

"둘이 동갑이에요. 스물여덟에 결혼해서 올해 10년째예요, 함께한 지. 한 번도 여자 문제로 절 귀찮게 한 적이 없었어요. 이렇게 잘생겼으면서요. 밀림에서 바람을 피울 줄은 상상도 못 했죠."
"바람이 아니죠. 열여섯이랑 바람피우는 성인 남자가 정상적으로 보여요? 우리 애는 말도 못 할 일을 겪었어요. 너무 어린 나이에요."

아빠가 차근하게 말했다. 고다미 앞에서는 특유의 상스러운 언행을 꾹꾹 눌러 담을 수 있나 보다. 참 나, 파르렛은 제 분을 못 이겨 자리에서 벌떡 일어났다 앉았다 하며 나를 노려보고 있었다. 왜 지가 피해자 코스프레를 하는지 모르겠다.

진짜 억울해야 할 사람은 늙은 아저씨와 연애한

어린 소녀인 나 아닌가. 설마 아직도 오프라인 만남 약속을 지키지 못하고 사라져서 화가 난 것인가. 그렇다면, 화를 풀어 줘야지. 나는 일어나서 파르렛의 앞으로 갔다. 약속한 시간보다 늦게 접속했을 때나 그가 갖고 싶어 하는 한정판 무기를 못 사게 했을 때, 그 밖의 여러 사소한 이유로 파르렛이 삐졌을 때, 나는 그를 가운데에 두고 한 바퀴를 돌며 윙크를 하고 엉덩이춤을 추곤 했다. 이 자리에서 그렇게 할 수는 없어서 나는 그저 한 바퀴를 돌고 가벼운 윙크를 던졌다.

초코페와 달리 내 눈은 그리 크지 않아서 윙크라고 느꼈는지 모르겠다. 파르렛은 몸을 부들부들 떨더니 다미에게 다가가 무릎이라도 꿇을 것처럼 애원했다.

"그래. 이건 바람이 아니야. 나는 한순간도 저 애를 사랑한 적이 없어. 그냥 게임한 거야. 내가 다 잘못했어. 다미야. 네가 하라는 대로 다 할게."

다미는 말없이 파르렛의 날렵한 턱선을 한 손으로 쓸었다. 버림받은 개를 달래듯 어루만지다가 가차 없이 손길을 거두었다. 그 모습을 본 아빠가 다시 나섰다.

"그렇게 나오신다니 우리도 더 이상 논쟁할 것 없이 솔직히 말할게요. 정신적 치료비 10억, 우

STAGE. 2

리 딸 평생 교육비 5억, 총 15억 주세요. 내 딸의 미래를 망쳤을 때 그 정도 각오는 하셨겠죠? 방금도 저 남자에게 가스라이팅을 당해 이상한 짓을 하는 거 보셨죠? 정상적인 사고가 불가능한 상태예요, 얘는 지금."

"15억이요?"

잠자코 있던 에리카가 되물었다.

"네."

"1억 드리겠습니다."

에리카가 흥정을 시도했다.

"15억! 기한은 2주 드리겠습니다. 그 안에 입금이 안 된다면, 이 집구석의 더러운 실체를 언론에 낱낱이 퍼트릴 거예요."

"여기서 딸 장사는 어려울 것 같아요. 그 정도 값어치가 있다고 생각하는 게 저희로서는…"

이 말은 다미가 했다. 그녀는 어서 가 줬으면 한다는 눈으로 우리를 바라봤다. 하지만 아빠의 이야기는 이제 막 시작된 참이었다.

"당장 현금이 없다면 약간의 분할 지급도 가능합니다, 고다미 선생님. 아니… 고다미 씨."

다미는 다소 굴욕적으로 느껴질 만한 아빠의 말에 대답하는 대신, 멍청히 서 있는 나의 머리를 한번 쓰다듬었다.

"아바타는 귀엽던데요."

다미가 내게 건넨 첫마디라 할 수 있겠다. 그 말을 끝으로 다미는 관자놀이를 누르며 자리를 떴다. 주인공은 내가 아니라 그녀였다. 다미가 사라지자마자, 파르렛은 참았던 분노를 표출하듯 구석에 놓인 위스키를 벌컥벌컥 다 마시고 유리잔을 바닥에 던졌다. 잔이 대리석 바닥에 부딪히는 쨍그랑 소리가 요란하게 났다. 누구도 동요하지 않았다.

파르렛도 우리를 두고, 다미가 갔던 방향으로 사라졌다. 에리카는 우리에게 파르렛과 고다미의 부부 관계가 끝났음을 알렸고, 따라서 우리가 돈을 받기는 힘들 것이라고 전했다. 납득할 수 없다, 두고 보자며 아빠는 이를 부득부득 갈았다. 엄마는 금방 포기해 버렸다. 이왕 온 김에 집 구경을 하고 가도 되냐고 물어서 에리카에게 쫓겨났다. 나 역시 빈손으로 여길 떠나고 싶진 않았다. 에리카와 부모가 돈 얘기로 옥신각신할 때 크리스털 유리잔과 보석이 박힌 소라 껍데기, 메리 제인 구두를 훔쳤다.

역시 지독한 놈들이라고, 아빠는 봇물 터지듯 욕을 했다. 고다미의 집과 집주인들에게 나처럼 반한 엄마는 역시 돈 많은 사람들은 피부도 좋고, 자세도 좋고, 다 좋다고 칭찬을 했다. 그러더니 여기서 하우스키핑을 하면 어떨까, 하고 물었고, 나는 엄마가 이곳에서 일을 하면 좋을 것 같다고 대답했

STAGE. 2

다. 낡은 차에 시동을 걸던 아빠는 내가 몰래 훔쳐 온 것을 다 뺏어 갔다. 메리 제인 구두는 마침 엄마의 발 사이즈와 딱 맞아서 엄마가 갖고 싶어 했지만, 순순히 줄 아빠가 아니었다.

"둘이 잤잖아? 잤으니까 임신도 했고. 아기도 있었다며? 아까 보니까 아직도 너를 여자로 보는 것 같던데."

"저는 그냥 가만히 있었어요."

"목석처럼. 뭐 할 줄도 모르고, 경험도 없으니까. 그렇지?"

아빠가 부드럽게 물었다. 그래서 우리 집엔 햅틱 글러브도 없고, 수트도 없는데 뭘 느끼겠냐고 말하지 못했다. 경험은 물론 있었다. 내 나이가 몇인데. 병신.

"네."

나는 모기처럼 기어들어 가는 목소리로 대답했다. 아빠의 다음 행선지는 경찰서였다. 다미가 이렇게 나올 줄 알았다는 듯 고소장을 미리 작성해 왔다. 아빠는 그간 나와 파르렛이 밀림에서 나눈 대화를 증거로 제출했다. 나는 엄마를 바라봤다. 몇 달 전, 밀림은 어떻게 하는 거냐고, 새로운 삶을 살고 싶다고 우는소리를 하길래 가르쳐 줬더니 둘이 짜고 이렇게 나를 배신한 거다.

어쩐지 자꾸 내 계정을 알고 싶어 하더라니.

"아바타는 귀엽던데요." 다미의 마지막 말이 자꾸 내 머릿속을 맴돌았다. 나는 엄마를 졸라 용돈을 얻어서 미용실에 갔다. 내 아바타 사진을 들고 가서 똑같이 해 달라고 말했다. 내 푸석한 머릿결을 만져 보더니 미용사는 까무잡잡한 피부와 빨간 머리는 전혀 어울리지 않을 거라고 말했다. 사진 속 인물이 네 아바타냐고 물어보며 비웃는 듯한 미소를 흘렸다. 내가 만들었지만, 초코페는 완벽한 여자였다. 고다미 같은 여자를 두고 바람을 피울 만도 했다.

"똑같이 꾸밀 거예요. 주근깨도 만들 거고요. 가슴도 수술하고, 눈·코·입도 다 고칠 거예요."
"요즘 애들 다 그렇지 뭐."

미용실 언니는 시들하게 대꾸하며 내 머리를 자르고 염색해 주었다. 빨간 머리는 잘 나왔지만, 초코페처럼 풍성한 머릿결을 갖는 건 불가능했다. 머리카락이 힘없고 가늘어서 어쩔 수 없다고 했다.

"주근깨도 그려 줘? 레이저 시술도 가능해."

수중의 돈이 약간 모자라 고민하고 있으니 언니는 친절하게 외상으로 해 주었다. 벌겋게 딱지가 붙은 콧잔등과 볼이 마음에 들었다. 그래서 나는

STAGE. 2

언니에게 경솔하게 고다미의 집에 간 일이며, 내가 왜 초코페가 되고 싶어 하는지, 나의 남편 파르렛이 어떤 사람인지에 대해 미주알고주알 떠들었다.

흥미롭게 얘기를 듣던 언니는 너 거짓말 잘한다, 하며 믿지 않았다. 인터넷에서 찾은 고다미의 사진을 들이대고는, 네가 만난 사람이 정말 이 여자가 맞았냐고 몇 번이고 되물었다.

이곳이 얼마나 소문이 빨리 도는 동네인지 잠시 망각한 게 나의 죄다. 신글동 개미굴. 내가 태어나기 전에 진도 7.0 규모의 큰 지진이 일어난 뒤로, 땅 밑을 깊게 파서 지은 집들이 거미줄처럼 이어져 있는 동네였다. 지진 발생 이전에 살았던 원주민들은 다 떠나고, 빚과 살인적인 집세에 몰리고 몰린 사람들이 모여들어 하나둘 땅을 파서 만든 빈민촌이었다.

해가 뜨는 낮이면, 한심한 개미굴 인간들은 계단을 타고 올라와 부족한 햇볕을 쬐러 나왔고, 해가 저물면 건물도 나무도 없어 심하게 부는 흙바람 때문에 다들 개미굴로 들어가 술을 퍼마셨다. 내 또래 애들 중에는 학교에 다니는 애들보다 방치된 애들이 더 많았고, 방치된 애들은 밀림에서 놀았다. 나처럼 정상적인(?) 결혼 생활을 하는 애들은 없었다. 마약의 일종인 'B스팟'을 불법 유통하거나 가상 성매매로 용돈벌이를 했다. 물론 나도 파르렛을 만나기 전까지는 그런 일로 돈을 벌었다.

이야기는 원래 와전되기 마련이지만, 내가 재벌집 첩으로 들어갔다는 소리를 듣기까지는 반나절도 걸리지 않았다. 동네를 휘젓고 다니는 경훈이가 사실 확인을 하러 우리 집 문을 두드렸다. 경훈이는 내 첫 경험 대상이었다. 사실 이 동네 여자애들은 힘세고 잘생긴 경훈이와 거의 다 한 번씩 잤다. 혀가 짧아서 입을 열면 좀 깼지만, 이 동네에서 고를 수 있는 선택지는 그리 많지 않았다.

경훈이는 내 빨간 머리를 쓱 보고는 "진짜야?"라고 물었다. "뭘?" 내가 되묻자, "너 첩이라매, 너같이 못생긴 애가 웬 돈 많은 남자를 꼬셨다며." 하고 말했다.

"내가 못생겼어?"

나는 주근깨도 만들었고 해서 외모가 정말 달라졌다고 느꼈기에 충격을 받아서 물었다.

"미안. 정말 예쁘진 않아."
"그 부부는 나를 너무 예뻐해서 자식 삼고 싶어 하던데?"

열받아서 없는 말을 지어냈다. 나는 경훈이 가져온 소문을 더 부풀렸다. 고다미네 집 첩이 아니라 자식으로 입양이 될 예정이며, 거지 같은 이 동네를 곧 떠날 거라고 말했다. 다만, 친아빠가 반대해

STAGE. 2

서 슬퍼하고 있고 아빠를 죽여서라도 그쪽으로 가고 싶다고 말했다.

"친아빠? 너네 집 알코올중독자 말하는 거?"

"응. 그 새끼. 네가 어떻게 해 줄래? 난 여기 있을 사람이 아니야. 친부모가 있으면 입양이 어렵다더라."

나는 원래 거짓말에 능했다. 너무나도 술술 말이 잘 나왔고, 말을 하자마자 내 부모를 죽이고 싶어졌고, 고다미 집으로 정말 입양이 될 수 있을 것 같다는 생각이 들기 시작했다. 먹잇감을 발견한 경훈의 눈이 살기를 띠고 빛났다. 그는 아빠와 엄마가 언제 퇴근하는지 물었고, 대가로 아주 비싼 스포츠카를 갖고 싶다고 말했다. 겨우 그쯤이야…. 나는 손가락을 튕기며 오케이라고 대답했다. 딜!

고다미/델피늄

초코페를 찾은 일은 결과적으로 내게는 잘된 일이었다. 그를 더 이상 '사랑하지 않을 구실'을 찾아 헤매고 있던 차였으니까. 초코페가 평범한 얼굴을 화장으로 덮어 예쁜 구석을 만든 30대 여자가 아니라 그녀의 딸이라는 것이 확실해진 후에는, 그가 한 짓을 바람이라 부를 수 있는지 애매해졌다.

부스스한 머리에 총기 없는 눈빛, 얇은 입술, 심한 부정교합, 아무리 살펴봐도 초코페에게는 무기가 없어 보였다. 오프라인 만남 약속 장소에 초코페가 일방적으로 나오지 않았다더니 그 이유를 알 만했다. 반에서조차, 아니 초코페의 동네에서조차 그녀는 뒤에서부터 순위를 세어야 빠를 정도로 인기가 없을 것이다. 실망한 석영의 기분이 나한테 전해져 왔다. 어쩌면 바람의 상대를 골라도 어린

STAGE. 2

나이 빼고는 하나도 나보다 나을 것 없는 여자를 골라 왔을까. 나는 석영의 기분을 배려해 티를 내지는 않았지만 그보다 훨씬 더 실망했다.

그에게, 초코페에게, 그리고 한편으로 안심한 나에게.

미로의 숲을 구경하고 갈 요량이었는지 그들이 주차장으로 가지 않고, 야외 복도로 나서는 것이 보였다. 남자는 멀리서 보기에도 화가 난 모양새로 날뛰었고 뒤꽁무니를 쫓아가던 초코페는 내 시선을 느꼈는지 불현듯 고개를 들어 내 쪽을 바라봤다. 그리고 발코니에 서서 내려다보던 나와 시선을 교환했다. 초코페는 오른손을 들어 친구에게 하듯 손을 흔들었다. 분위기 파악 못 하고 천진한 게 영락없는 중학생이었다. 나는 서재에서 뭔가를 투덕거리는 석영에게 갔다. 석영은 문을 활짝 열어 놓은 채, 스크린과 컴퓨터를 해체하고 있었다. 그가 아끼던 햅틱 글러브와 슈트가 입구에 아무렇게나 놓여 있었다.

"가져가려고?"

내 물음에 그는 이마를 가리는 몇 가닥의 머리카락을 손으로 올리며 나를 힐끔 쳐다봤다. 내가 좋아하는 행동이었다. 무심하게 일에 열중한, 흐트러진 듯 흐트러지지 않은.

"아니. 버리려고."

"왜?"

"서재를 책으로 꾸미고 싶어서. 너무 게임만 하는 사람 같잖아. 책꽂이가 텅 빈 게."

그의 대답에 나는 문가에 기댄 채 팔짱을 꼈다. 집에서 나가지 않겠다는 뜻을 에둘러서 표현하는 건가. 내가 계속 눈길을 보내자 그가 걸어와 햅틱 글러브와 슈트를 집어 건넸다.

"당신도 밀림 시작했잖아. 제대로 즐기려면 이게 필요할 거야. 선물."

"자긴?"

"난 이제 안 해." 잠시 뜸을 들이다 석영이 멋쩍게 덧붙였다.

"당신보다 나은 여자가 세상에 없다는 걸 오늘 확인했거든."

대사가 너무 구려서 나는 헛웃음이 나오는 것을 가까스로 참았다. 나의 실룩이는 입술이 그에게 긍정의 시그널로 읽혔는지 석영이 장난스럽게 마주 웃었다.

"좀 괜찮아?"

그가 다정하게 물어 왔다. 하나도 괜찮지 않았다. 뒷맛이 떫은 덜 익은 감을 먹은 듯 짜증이 났다. 예전의 우리였다면, 3년 전, 혹은 5년 전이었다

STAGE. 2

면 나는 그와 마주 보고 앉아 사정을 세세하게 묻고 내 감정을 전달했을 거다. 석영은 억지로라도 나를 이해하려고 노력하는 시늉을 했겠지. 하지만 그는 물결치는 내 감정의 빛깔을 알아보는 일을 성가셔했다. 속궁합이 좋아서 결코 헤어지지 못하는 연인처럼, 그는 무조건 몸으로 합의를 보려고 하는 이상한 버릇을 들였다. 나는 거기에 따라 줄 수 없었고 그도 내 방식에 따라 줄 마음이 없었으니 어느새 서로 입 닫고 손도 대지 않게 되었다.

"당신한테 미안한 마음이 들어."

아. 렌즈를 뺐구나. 바짝 다가온 그의 얼굴을 뒤늦게 보고, 오른쪽 동태 눈깔이 사라졌다는 걸 깨달았다. 렌즈가 그렇게 싫다고 할 때는 들은 척도 안 하더니 언제…? 초코페가 자신이 생각하던 초코페가 아니었고, 온라인에서만 존재하는 허구라는 것을 그는 이제야 알게 된 것 같았다.

"나 회사에서 잘릴지도 몰라. 그런데 그냥 렌즈를 제거해 버렸어. 당신한테 잘 보이고 싶어서."
"잘했어."

당연히 그가 회사에서 잘릴 일은 없다. 그가 나와 함께 있는 한.

모텔로 돌아가려는 그를 붙잡았다. 빈 공간으로 놀렸던 응접실과 서재 사이를 터서 부부가 함께할 수 있는 작업실을 만드는 것이 어떠냐는 그의 제안에 흥미가 생겼기 때문이다. 나는 '고다미의 집'에 심한 애착을 갖고 있던 그의 태도가 변한 게 맘에 들었고, 무엇보다 이 집을 망치고 부수는 일이라면 언제나 두 팔 벌려 환영이었다. 아예 2층을 전부 다 리모델링하는 것이 어떠냐는 내 말에 석영은 잠깐 고민하더니 시멘트만 바르지 않는다면 좋다고 말했다.

그의 농담에 모처럼 깔깔 웃었다. 진한 아메리카노색을 띤 그의 눈동자에 입을 맞췄다. 초코페 얘기는 서로 하지 않았다. 대신에, 우리는 지하 창고에서 망치와 톱을 하나씩 들고 와 견고한 2층의 벽을 할퀴고 부수었다. 오래 묵은 시간을 전부 다 허물고, 새로 다시 시작해야 하니까. 이 집이 몇백억 짜리든, 고선의 유산이든 중요치 않았다. 다 없애 버리자.

하얗게 석회 가루가 날리는 공기를 마시며 우리는 바닥에 몸을 아무렇게나 뉘었다. 그가 내게 표범아, 하고 불렀고 나는 응, 하고 대답했다. 그는 내게 몸을 기울이며 나를 세게 안았다.

"사랑해."

1년 전, 내 생일에 생일 축하 노래를 불러 주며 진심 없이 "사랑해."라고 말한 이후로 처음이었다. 나는 대답하지 않았다. 익숙한 그의 체취를 맘껏 맡고 있자니 여전히 그를 사랑한다는 사실이 끔찍하게 느껴졌다. 그에 대해 마음을 놓으면 안 돼, 다미야. 계속해서 시험에 들게 해야 해. 그래야 완전한 사랑을 얻을 수 있어. 그는 언제고 너를 배반할 거야. 등에 채찍을 맞은 것처럼 아파하며 나는 그의 품을 벗어났다.

"시간이 필요한 일인 거 알지?"
"그러엄."

그가 착한 남자처럼 대답했다.

집으로 고소장이 날아왔다. 주택 매매 사기를 당한 이후 경찰, 검사라면 질색팔색을 하는 석영의 얼굴이 새하얗게 질렸다. 미성년자 성추행. 죄목을 보더니 수치스러운 듯 냅다 종이를 구겼다. 석영은 당장 경찰서로 가겠다며 점퍼를 집어 들었다.

나는 말리지 않았다. 웹상에서 벌어진 일에 대한 고소장을 접수했을 정도라면 경찰이 석영을 부른데에 납득할 만한 이유가 있을 것이라고 짐작했다. 선은 분명히 넘었어. 그건 어디까지나 사실이야. 석영이 온갖 부산을 떨며 집을 나가고 나서, 나는 키미를 불렀다. 이내 키미가 사라졌다는 걸 깨닫고 에리카에게 난장판이 된 집을 청소해 줄 사람들을 불러 달라고 했다.

한 시간 뒤, 세 명의 중년 남성이 집으로 도착했

다. 나와 석영이 화해의 의미로 요란하게 망가트린 집 안을 보더니 고개를 흔들며 나에게 대단하시네요, 라고 말했다. 그들은 익숙한 솜씨로 뾰족하게 드러난 골조를 구부러트리고 철거했다. 집 안이 하루 종일 쿵쿵거려서 모처럼 활기가 솟았다.

이초영의 아버지인 이광훈과 어머니 연연주가 다시는 이곳에 접근하지 못하게 하라고 에리카에게 지시했다. 에리카는 그런 방법은 너무 구식이라 목적을 달성하기 어렵다고 했다.

"선생님. 돈 많잖아요. 굳이 왜 일을 벌여요. 3억으로 깔끔하게 합의해요. 제가 그 정도에서 정리할게요."

나는 아직도 20대에 머물러 있는 젊고 똑똑한 에리카를 올려다봤다.

"여기서 일한 지 얼마나 됐지?"
"주로 해고할 때 그런 걸 묻더군요. 햇수로 5년째예요."

에리카는 턱을 더 높게 쳐들고 긴 머리카락을 한쪽으로 쓸었다. 건강한 구릿빛 피부가 잘 드러났다. 그녀의 예상은 틀렸다. 나는 결코 에리카를 자를 생각이 없었다. 그녀가 더 내 말을 잘 들어줬으면 하는 바람을 담아 말을 씹어 뱉었다.

"5년째면 눈치가 더 빨라야 할 것 아냐? 그딴 버

STAGE. 2

러지들 다 죽이고 싶어. 왜 그런 것들한테 내 돈을 줘야 하지? 밟을 수 있을 만큼 밟아야 해. 내 구역을 침범하는 놈들에게 왜? 집 안 꼴을 봐. 똑똑히 봐 봐, 에리카. 아직도 내가 깔끔한 걸 원한다고 생각해?!"

에리카의 눈이 빠르게 주변을 훑었다. 빳빳했던 고개가 어느덧 바닥을 향해 있었다.

"내 앞에서 머리 굴리지 마. 이래라저래라 하지 마. 싸구려 향수 냄새 풍기지 마. 시키는 대로 해. 돈값을 하란 말이야."
"기분이 안 좋으신 것은 알지만, 말이 지나치세요."

에리카의 얼굴이 딱딱하게 굳어졌다. 내 남편의 추파에 무시로 일관하던 에리카는 곧 외국계 변호사와 결혼을 한댔다. 누구나 한 번쯤 사귀어 보고 싶어 할 타입의 여자였다. 나는 밀림 속에 잠들어 있는 내 아바타를 떠올렸다. 에리카와 너무 비슷하다고 키미는 말했지만, 실제 에리카는 나의 아바타와 비교가 되지 않았다. 밟으면 무르는 대신 더 기개를 펼치려는 생명력이 있었다. 그건 돈으로 살 수 없는 젊음이란 이름의 에너지였다. 에리카가 할 말은 해야겠다는 듯 자세를 고쳐 앉으며 말했다.

"하. 불법이어도 상관없다는 말씀이시죠?"
"그래. 피를 보고 싶어."

에리카는 잘 알겠다는 듯 고개를 끄덕였다. 나의 복수심이 엉뚱한 곳으로 튀었다는 것을 안다. 하지만 석영이 손을 댄 곳은 무엇 하나 남기지 않고 부숴 버리고 싶었다. 그들이 내 집으로 들어오는 순간부터 그들의 죽음을 열망했다. 에리카는 원래의 가식적인 미소를 지으며 일어섰다. 나는 전부터 궁금했던 사소한 질문을 했다.

"에리카도 혹시 밀림 해?"
"하죠. 그거 안 하는 사람도 있어요?"

그녀의 시큰둥한 대답을 들으니 불현듯 키미의 음성이 뇌리에 스쳤다. "다미가 이제야 세상을 본다는 소리야." 진짜 세상은 여기가 아니라, 저곳일 수도 있었다.

키미의 말대로 나는 이제야 열린 세상을 보기 위해 작업실로 향했다. 에리카를 꼭 닮은 내 아바타가 못 견디게 싫었다. 무슨 생각으로, 자존심도 없지. 뒤늦게 각성한 나는 밀림의 고지식한 방침('한 번 선택한 아바타는 바꿀 수 없다.')에 반항해, 뱀눈 아바타에게서 아바타 외양을 수정할 수 있는 패치를 다운로드받았다. 뱀눈 아바타는 내가 아직도 내연녀를 잡지 못했다고 생각했는지 다 그만두고 즐기라고 말했다.

"집 나간 서방 잡아서 뭐 해요, 당신 아바타는 젊고 예쁘잖아요. 슈트 있어요? 이건 서비스. 꼭

STAGE. 2

슈트 입고 해요. 그래야 이 약의 진가를 느낄 수 있어."

뱀눈 아바타가 내게 건넨 것은 푸른색의 물약이었다. 물을 필요도 없이 나는 이게 무엇인지 익히 들어 알고 있었다. 밀림의 가장 큰 수입원이어서 운영진이 공공연하게 눈감아 주는 신종 마약 B 스팟이었다. 언젠가 석영도 이것에 대해 말한 적이 있었다. 사랑에 빠지기 아주 쉽게 만들어, 세상이 아름다워 보이게 하니까. 마약류를 어떻게 가상으로 만들고, 사람들이 거기에 중독되어 피폐해지는지 이해할 수 없었다.

나는 석영이 선물이라며 건넨 슈트와 햅틱 글러브를 가져와 착용했다. 탄성이 좋은 첨단 고무로 만든 슈트는 석영이 입던 것인데도 놀라울 만큼 몸에 딱 달라붙었다. 햅틱 글러브는 사이즈가 맞지 않아 새로 주문했다. 아바타를 최대한 나와 비슷하게 만들고 싶어 전신 거울을 보며 세심하게 조정했다. 거울에 비친 모습처럼 서로 똑 닮아서 누가 진짜 고다미인지 알 수 없게 하고 싶었다.

그녀는 또 다른 나, 이름은 델피늄.

내가 좋아하는, 보라색 돌고래 모양의 꽃잎을 가진 꽃. 델피늄이 된 나는 푸른색 물약을 단숨에 들이켰다. 광활한 밀림의 G랜드에 서자, 나의 전전두엽에서 축포가 터지는 것이 느껴진다. 벅찬 숨을 들이켜니, 석영의 말처럼 이곳이 또 다른 시공간으로서 완벽하게 내 마음에 든다는 착각이 인다. 지나가던 남자가 말을 걸어 왔다. 괜찮냐는 다정한 물음에 나는 급하게 그의 단단한 어깨를 잡고, 아니라고 말했다. 묵직한 우드 향이 낯선 남자에게서 났다. 구체적인 냄새까지 구현하는 메타 세계에 아연해하며 나는 충동적으로 남자에게 구애를 했다. 파트너가 없다면, 나와 결혼 생활을 하겠냐고 물었다. 남자는 내 어깨에 코를 박으며 낯선 여자의 살 냄새를 맡았다.

"몇 살이에요?"
"서른이요."

나는 서른 뒤에 따라붙는 여덟이란 숫자를 말하지 못하고 삼켰다. 남자가 얼굴을 찡그리며 웃었다.

"그럼 대충 마흔 언저리쯤이겠군요. 뭐 상관없어요. 만나자마자 결혼 요구하는 여자한테 제일 급한 게 뭔지 잘 알고 있어요. 가요. 일에는 순서가 있으니까."

그가 내 허리를 꽉 쥐었다. 남자의 악력에 나는 소스라치게 놀라면서 황홀해했다. 선을 넘는 건 쉬웠다. 마약의 효과인지 성능 좋은 슈트의 효과인지 모르겠다. 그건 명백한 외도였다. 석영과 초코페가 한 일은 단지 게임이 아니라, 역시 외도, 배신이었다는 것을 알게 되었다. 직접 겪음으로써 진실에

STAGE. 2

가늠을 수 있었다.

남자의 이름은 잊어버렸다. 호연이? 버니? 아무튼 그런 이름이었는데. 마약의 효과와 가상 섹스의 여운이 끝나자, 나는 가차 없이 남자를 떠났다. 지겨운 결혼 생활을 왜 게임에서까지 해야 해? G랜드를 떠돌다가 끝없는 들판과 멋없는 아바타들에게 질려서 뱀눈 아바타에게 연락했다. 뱀눈 아바타가 달라는 대로 돈을 주고, A랜드로 향하는 티켓을 얻었다.

그렇게 며칠이 정신없이 지났다. 비정상적인 활동이 감지되어 이용 정지를 당했다는 팝업 메시지가 뜨고 나서야 나는 밀림 플레이를 멈출 수 있었다. 그동안 여섯 명의 남자 혹은 여자와 데이트를 즐겼고 뱀눈 아바타에게 산 B스팟을 세 번 마셨다.

이용 정지는 뭐든 적당히 하는 게 좋을 거라던 뱀눈 아바타의 충고를 무시한 결과였다. 콧잔등을 무겁게 내리누르던 글램업을 벗었다. 석영처럼 렌즈 삽입 시술을 받을까 잠깐 고민했다. 작업실에 박혀 있는 동안 실제로 먹은 것이 거의 없다는 생각이 들자, 금방 쓰러질 듯 어지러워졌다.

급하게 문을 열고 석영을 불렀다. 주홍빛 동이 터오는 것을 보니 이른 아침이었다. 석영은 집 안에 없었다. 1층 식당으로 가 소시지와 과일을 닥치는 대로 먹었다. 게임을 경멸하다가 게임 중독자가 되어 버리다니. 이 꼴을 석영이 보지 않아 다행이었다.

냉장고 뒤쪽의 전신 거울 속에서 잠옷 바람으로 파이를 한껏 베어 문 내 모습은 고선이 업신여기던 아메바 같은 인간의 전형이었다. 추해, 고다미. 내 집에 왜 짐승이 있지? 정말 더러워서 못 봐 주겠어. 눈을 어디에다 둬야 할지 모르겠다. 뚱뚱했던 열여섯 살 때 수시로 들었던 말들은 여전히 나를 할퀴었다.

게임의 악영향인가. 물고 있던 소시지를 개수대에 그대로 뱉었다. 어째서 당신은 죽어서까지 나를 멋대로 조종하려고 그래? 거울은 왜 하필 거기에 세워 둬서 내가 나를 보게 하냐고? 식탁 위에 있던 은촛대를 집어 거울을 향해 던졌다. 쨍그랑. 거울은 산산조각 나지 않았다. 홀로그램이 파문을 일으켰고 "기다렸어요, 다미 씨. 어떤 서비스를 이용하시겠습니까?"라는 기계음이 나왔다. 오랫동안 잊고 있었는데 석영이 이 거울을 스마트 미러로 교체한 것이 뒤늦게 생각났다.

"절대 깨지지 않아. 마치 우리처럼."

시큰둥한 내 반응을 신경 쓰며 석영은 이것저것 버튼을 눌러 봤었지. 거울에 비친 사람의 바이오리듬을 측정하고 빌어먹을 체지방까지 분 단위로 보여 준다고 했다. 나는 거울의 물음에 제발 닥쳐, 하

STAGE. 2

고 대답했다.

그때, 와장창 뭔가가 깨지는 파열음이 들렸다. 급히 현관 입구로 나 있는 창 쪽의 커튼을 열었다. 정문은 낮에도 해가 잘 들지 않는 곳이어서 나는 아직 꺼지지 않은 전등에 의지해 혹시 낯선 침입자가 들어온 것은 아닌지 살폈다. 아마 출구를 잘못 찾아 들어온 노루나 너구리 종류겠지. 시야가 자꾸 흐려지는 것을 느끼며 눈을 비볐다. 사락, 뭔가가 풀에 스치는 소리가 나 귀를 쫑긋 기울였다.

최첨단 보안 시스템에도 허점이 있기 마련이니까. 긴장으로 팽팽해진 어깨를 떨며 석영에게 전화를 걸려는 찰나, 침입자는 동그란 동산과 비정형의 조각상 사이에서 모습을 드러냈다.

노루도 너구리도 아닌 빨간 머리의 초코페였다.

머리 쪽에서 꽤 많은 양의 피를 흘리고 있었고, 다리는 긁힌 생채기로 빨갛게 부어오른 상태였다. 무엇보다 오른 다리를 절뚝거리고 있었다. 초코페는 양손에 깨진 도기 조각을 들고 있었는데, 그것을 보고 좀 전의 파열음이 오래전 대문 초입에 놔둔 백자 항아리가 깨지는 소리라는 것을 알았다.

아직 게임 중인가.

나는 콧잔등에 아직 얹혀 있을지 모르는 글램업 안경을 찾았지만 내 콧잔등 위에는 아무것도 없었다. 초코페가 왜 여기에 좀비 꼬라지로 나타났는지 모를 일이었다. 가까이 다가온 초코페와 눈이 마주쳤다. 고통에 무감한 것 같던 초코페의 얼굴이 한순간에 일그러지더니 울음을 터트렸다. 마치 내가 초코페의 편이라고 생각하는 것처럼 안심하고 우는 모양새였다. 무방비한 모습에 전투력을 조금 상실했다.

어리고 다친 중학생에게 문을 열어 주지 않을 수 없었다. 초코페는 양손에 쥔 도기 조각을 내밀며 울먹이는 목소리로 말했다.

"이거 비싼 거예요?"

나는 소녀가 마음을 바꿔 나를 날카로운 도기 조각으로 공격하기 전에 얼른 그것을 받아 들고, 한쪽에 치웠다. 아마도 비싼 물건이겠지만 내 것은 아니었다. 고선이 놔둔 것이었다.

"여긴 어떻게 왔어?"

초코페의 대각선 벽면에 붙은 열감지기 센서는 작동을 멈춘 것 같았다. 역시 기계는 믿을 게 못 됐다. 초코페는 흐르는 피 때문에 눈앞이 잘 안 보인다는 듯 눈을 비볐다. 그 탓에 핏물이 번져 초코페의 얼굴은 피로 세수를 한 꼴이 되었다. 염색한 빨간 머리에 빨간 얼굴의 소녀는 사람이라기보다는 요정에 가까운 생명체 같았다. 언제고 독을 퍼부을

STAGE. 2

준비가 되어 있는 팅커벨 같았다. 나는 소녀의 대답 여하에 따라 비켜 줄지 말지 결정하기로 했다. 나의 완고한 태도를 초코페도 느꼈는지 다시 나를 올려다보며 입술을 뗐다.

"미로의 숲으로 숨었어요. 도망치다가 여기까지 왔어요. 아빠한테 두들겨 맞았거든요. 미로의 숲은 숨기가 좋으니까, 못 찾을 것 같아서요. 밤새 헤맸어요. 출구를 못 찾아서…. 찾다가 대문이 보이길래 담을 넘었어요. 언니네 집인 것 같았어요."

미로의 숲에서 내 집을 찾는 것은 행운에 가까웠다. 집주인인 나조차도 그쪽 길로는 다니지 않았다. 우거진 침엽수와 암석들이 주변에 깔려 있어 다치기 십상이었다. 3m 남짓한 담을 어떻게 넘었지? 내 생각을 읽은 듯 초코페는 상황 설명을 덧붙였다.

"나무 위에 올라탔어요. 이래 봬도 제가 원숭이처럼 잘 타거든요. 눈 딱 감고, 점프했어요. 다리를 삔 거 같아요. 저 들어가면 안 돼요? 언니 남편 꼬시러 온 거 절대 아니에요."

꼬시려 들면 꼬실 수 있다고 여기기라도 하는 것인가.

기가 막혀 대답할 말조차 떠오르지 않았다. 나는 일단 샤워실을 가리키며 씻으라고 했다. 초코페는 순순히 나를 지나쳐 절뚝거리며 샤워실로 향했다.

나는 가까이 사는 의사를 집으로 불렀다. 석영에게서 전화가 왔다. 내가 작업실에 박혀 있는 동안, 그에게서 온 부재중 전화는 40통이 넘었다. 키미마저 사라져 작업실 안쪽의 상황을 몰랐을 것이다. 전화를 받으니, 무척 가라앉은 그의 목소리는 화나 있었다.

"뭐 했어?"

"그림 그렸어. 전화 온 줄 몰랐어. 미안해."

한참 동안의 침묵이 이어졌고, 그가 내게 쏟아낼 말들을 고르고 있는 것 같았다. 석영은 내가 이틀이 지나도 작업실에서 나오지 않자 별거를 다시 떠올렸고 모텔로 돌아갔다고 했다. 내가 계속 이런 식으로 행동한다면, 함께 살 수 없다는 말을 했다. 사과했잖아. 내 말에 석영은 본인의 요구 조건을 확실히 했다.

"작업실을 없애거나 나한테도 키를 줘."

양쪽 모두 안 될 일이었다.

"내 작업실에는 고가의 작품들이 있어."

저쪽에서는 말이 없었다. 화를 꾹 참는 모양이었다. 나는 언제나 석영의 수치심을 건드리는 방식을 잘 알았다. 내 목걸이를 훔쳐 간 뒤로, 살짝만 도둑 취급을 하면 그는 금방 얌전한 고양이가 되었다.

"초코페가 지금 집에 와 있어."

"뭐? 걔가 거길 왜 가? 당신이 불렀어?"

STAGE. 2

금세 석영이 반응했다.

"내가 뭐 하러 불러. 많이 다쳤어. 나도 얘가 왜 여길 온 건지… 글쎄, 당신한테 묻고 싶은데?"
"지금 갈게."

어느새 씻고 나온 초코페가 피가 새어 나오는 이마 부근을 수건으로 감싸며 걸어왔다.

"파르렛이에요?"

파르렛이 대체 뭔가. 현실에서 그 웃기는 이름을 듣는 게 불쾌했다. 여긴 게임 속이 아니라고. 나는 휴대폰을 쥔 채 부산을 떠는 석영을 상상하며, 초코페에게 휴대폰을 건넸다.

"할 말 있으면 해. 둘이 죽고 못 살았잖아."

나의 시니컬한 농담에 별 타격을 받지 않았는지, 초코페는 천연덕스럽게 카메라 아이콘을 눌러 영상 모드로 전환했다. 굳이 샤워 가운을 걸친 채 보송보송한 젊음을 과시라도 하듯 휴대폰을 보고 웃었다. 파르렛, 아니 석영은 당황한 얼굴로 자리를 고쳐 잡았다. 팬티만 입은 아랫도리를 급하게 의자로 가렸다. 웃기는 모양새군. 초코페도 같은 생각이었는지 까르르 웃음이 터졌다. 피를 흘리고 있는 주제에 청량한 웃음소리를 내고 있었다.

"언니가 질투한다. 예쁜 언니가 질투하는 거 웃겨. 파르렛. 안 올 거야? 우리 아직 할 얘기가 남왔잖아. 언니도 알아야 할."

초코페의 낚시질에 나도 석영도 넘어갔다. 허튼 소리 말고 끊으라는 석영의 목소리는 잔뜩 화가 나 있었다. 소파에 앉아 의사는 언제 오냐고 묻는 초코페를 가만히 노려봤다. 보통내기가 아니라는 건 알겠다. 초코페가 말한, 내가 알아야 할 게 뭔지 궁금했다. 그게 뭐든 동요하게 될 것이다. 이미 소녀를 뼛속까지 경멸하고 있었으니까.

집 안을 둘러보던 초코페는 사이사이가 뻥 뚫린 나선형 계단 사이로 2층을 올려다봤다.

"오. 언니 제대로 폭주했나 봐요? 이거 설마 나 때문은 아니죠? 우리 집도 풍비박산 났어요. 서로 쌤쌤이네요."

나는 한 줄기 피가 흐르는 초코페의 머리를 기억 상실 상태로 만들 수도 있었다.

"여기서 며칠만 신세 지게 해 주세요. 아빠가 날 죽일지도 몰라요. 걱정 마요. 난 파르렛한테는 관심 없어. 언니 외로움 많이 탄다면서요. 원한 다면, 내가 언니 말동무가 되어 줄 수 있어요. 아 니면 딸처럼, 대해 주셔도 되고요."

초코페보다 나에 대해 입을 나불나불 놀린 석영을 죽이고 싶은 심정이었다.

20분 뒤, 의사가 도착했다는 알림이 왔다. 나는

STAGE. 2

배앓이가 나아졌다고 둘러대며 왕진비를 지불하고 의사를 돌려보냈다. 수건으로 젖은 머리칼을 털며, 초코페는 거울을 통해 어느새 피가 멎은 이마의 상처를 들여다봤다. 아빠가 청소용 집게로 팼다고 했다. 손에 집히는 건 다 흉기로 만들 수 있는 사람이라고 했다. 그래서 내가 동정이라도 해 주길 바라나. 초코페에게 나에 대해 얼마나 알고 있냐고 물었다.

"직업 없음, 집 밖으로 나오지 않음, 컴맹, 그리고 몹시 외로움. 뭐 그 정도? 방금 나열한 건 파르렛한테 들은 건 아니고, 제가 방금 파악한 거예요. 언니 그거 알아요? 언니는 뭐랄까, 동화 속에 나오는 늙은 라푼젤 같아요."

열여섯의 어린 여자애는 어떤 인생을 살았기에 사람을 단번에 파악하는가.

파르렛에게 들은 게 아니라는 말은 믿을 수 없었다. 분명 은연중에 떠드는 말을 듣고, 다 아는 척 내 앞에서 조잘대는 거다. 석영이 때맞춰 도착했다. 그는 초코페의 손목을 거칠게 잡으며 남의 집에서 뭐 하는 거냐고, 나가라고 했다.

"언니!"

초코페가 자지러지며, 악을 썼다. 그만두라는 내 말이 석영에게 잘 전달되지 않는 모양이었다. 석영의 위협적인 행동에 나 역시 충격을 받았다. 아랫 사람을 대할 때 그 사람의 본성이 나타난다고 했다. 그의 소갈머리는 도저히 봐줄 수 없는 수준이었다. 나이가 들면서 고집이 세지긴 했지만 기본적으로 남을 배려하고 태도가 수플레처럼 부드러운 사람이었다. 그랬던 그가 초코페를 바닥으로 패대기치고 손찌검했다. 초코페를 향해 철제 쓰레기통을 집어 던졌다.

"조금 놀아 줬더니 우리가 네 손바닥 안에 있는 줄 알아? 여기가 어디라고 와."

석영이 씩씩거리며 초코페의 뺨을 때렸다. 초코페의 가냘픈 머리가 대롱거리며 대리석 바닥으로 추락했다. 바닥에 피가 떨어졌다. 피 얼룩은 잊었던 나쁜 기억을 불러일으켰다. 소녀가 죽을 수도 있어!

나는 곧바로 침대 밑바닥에 숨겨 둔 금고를 열었다. 먼지에 덮인 채 오랜 시간 잠자고 있던 44구경 리볼버를 꺼내 총구로 석영의 관자놀이를 지그시 눌렀다. 차갑게 닿는 금속 흉기에 놀란 석영이 황당하다는 표정으로 나를 봤다.

"그만두라고! 내 손님이잖아."

내 뒤에 바짝 붙은 초코페가 눈을 치뜨며 놀라 중얼거렸다.

"엄마야."

STAGE. 2

초코페/이초영

늙은 라푼젤의 눈에 들어 그녀의 애착 인형이 되자. 다미가 연적인 나를 무슨 생각으로 받아 줬는지 모르겠으나 난 더 이상 초코페로 남을 생각이 없었다. 이벤트용 퍼렝 조각 다섯 개를 찾아 우승을 거머쥐는 것보다 고다미에게 붙어 살아가는 게 더 낫다. 다미의 배려로 나는 고대 그리스 신전처럼 흔적만 남은 2층 구석진 곳에 자리를 잡을 수 있었다. 파티션으로 만든 임시 공간에 책상과 침대를 가져다 놓았다. 2층은 당분간 폐허로 놔둘 예정이랬다.

다미는 집 구석구석을 비추는 CCTV를 보며 내 동선을 파악하려 했다. 그러니까 네가 이쪽 길로 와서 나무를 타고 넘어왔다고? 왜 네 아버지는 그림자도 보이지 않지? 분명히 저를 쫓아왔다니까요! 경찰 조사를 받는다면 이럴까. 여러 번 같은 질문을 되풀이해서 물어보는 게 호락호락한 사람은 아니었다. 한편으로는 딸이 가출해도 찾지 않는 내 부모를 이상하게 생각하지 않았다. 그저, "편하니? 편하게 지내렴. 필요한 게 있으면 얘기해."라고 말할 뿐. 다정한 듯 다정하지 않은 다미.

부부 사이에 대화라고는 거의 없었다. 다미가 날 지키기 위해 총을 겨눈 것에 석영은 꽤나 충격을 받은 듯했다. 물론 내게는 그 순간의 고다미가 웬만한 고층 빌딩보다 훨씬 더 크고 멋지게 느껴졌다. 그날 침대에 누운 내가 얼마나 많이 그 순간을 복기했는지 아무도 모를 것이다. 그만두라고. 내 손님이잖아. 그만둬. 그만두라고. 침대에서 몸을 뒤척이며 실실 웃었다. 첫날 밤에는 제대로 자지 못했다. 무조건적으로 이 여자의 곁에 있겠다고 혼자만의 맹세를 했다.

다미는 작업실이라는 이곳의 이름과 전혀 어울리지 않는 별채에 머물러 있기를 좋아했고, 석영은 1층에서 밀림에 접속해 근무를 하다가, 때가 되면 내가 차려 준 밥을 먹었다.

이 넓은 집에 제대로 된 도우미 아줌마 하나 없는 게 이상했다. 곧 그게 다미의 폐쇄적 성격 때문이라는 것을 알게 됐다. 저녁은 주로 석영이 맡아 준비했다는데, 내가 어느 정도 이 집에 적응한 뒤

STAGE. 2

로는 식당 출입은 딱 끊었다.

석영은 오만한 표정으로 내가 만든 스테이크나 수프를 군말 없이 먹어 치웠다. 평소 과일이나 올리브만 몇 점 집어 먹고 말았다던 다미는 나의 요리 솜씨를 놀라워하며 가문 논에 단비를 뿌리듯 가끔 칭찬을 했다. 어떻게 한 거지? 네 작은 손은 마술사 같구나. 자연스럽게 나는 부부의 식사를 책임지는 요리사가 되었다. 고작 열여섯 살짜리가 말이다.

함께 산 지 한 달이 지나자, 다미는 내 이마의 찢긴 상처가 잘 아물고 있는지 확인했고, 비싼 재생크림과 발목 보호대를 마련해 줬다. 계단을 오르내리는 게 힘들면 1층에 머물러 있어도 좋다고 했지만, 당장 인상을 찡그리고 보는 석영 때문에 나는 괜찮다고 했다. 석영에게 옛정이라고는 하나도 남지 않은 것 같았다. 다미는 종종 나를 키미라고 불렀다. 전에 있던 도우미 로봇의 이름이란다. 로봇과 인간을 헷갈리다니. 내 존재감이 그것밖에 안된다니 더 화력을 키워야겠다!

밀림에 해킹 이슈가 생겨 석영이 결국 집에 들어오지 못한 날이었다. 나는 다미가 좋아하는 도미에 레몬소스를 부어 찜을 만들었다. 다미와 단둘이 먹는 저녁이라 더 신경 썼다. 식재료가 떨어지지 않는 집이라, 경험 삼아서 생전 처음 먹어 보는 음식들을 이것저것 만들어 보는 중이었다. 도미는 입

속에서 포슬거리다 부드럽게 넘어갔다. 레드와인을 몇 잔 마신 다미는 발개진 양 볼에 손바닥을 얹으며 취기를 확인했다. 원체 뭐든 푸짐하게 먹는 사람은 아니었고, 강박적으로 아침마다 몸무게를 재 가며 그날의 음식량을 조절했다.

그에 반해 나는 원래의 버릇을 버리지 못하고 허겁지겁 내가 만든 음식을 해치우기에 바빴다. 다미는 웃음기를 띠지 않은 채로 내 먹성을 관찰하듯 보곤 했는데, 내가 시선을 느껴 쳐다보면 금방 딴청을 피웠다.

"오늘 식사 정말 맛있었어. 남편이랑 얘기해 봤는데 네가 좋다면, 너를 입주 도우미로 둘까 해. 보수는 충분히 줄게. 학교엔 나갈 생각 없니?"

입주 도우미라고? 내가 겨우 그거 하려고 수발을 드는 줄 아나. 입맛이 뚝 떨어졌다.

"언니는 제가 집안일하는 사람으로 보여요? 그리고 미성년자 고용은 부모의 허락이 있어야 가능한 거 알죠?"

부모의 허락, 이라는 말에 컵을 잡고 있던 다미의 손이 떨렸다. 다미는 곧 자세를 고쳐 앉으며 심각하게 나를 쳐다봤다.

"알지. 그게 말이야. 네가 걱정할까 봐 말하지 못한 게 있어. 내 친구가 너희 부모님을 찾고 있어.

STAGE. 2

부모님이 몇 주째 직장에도 나오지 않고, 행방불명이래…. 무슨 사고가 생긴 게 아닐까 싶어서."

"무슨 사고요?!"

"글쎄. 신변에 문제가 생긴 건 아니길 빌어야지. 부모님을 찾을 때까지 우리가 널 보호하고 있을 게."

다미는 내가 크게 놀라거나 눈물이라도 흘릴 줄 알았나 보다. 내 반응을 면밀히 관찰하더니 왜 아무 말이 없냐고 물었다.

"언니는 아버지가 돌아가셨을 때 슬펐어요?"

"뭐?"

다미의 눈동자가 크게 흔들렸다.

"나는 솔직히 말해서 차라리 아빠 엄마가 영영 안 나타났으면 좋겠어요. 여기가 너무 좋고, 그딴 집구석에는 미련이 하나도 없어요. 빨리 집에서 나오길 얼마나 기도했는지 몰라요. 난 부모가 죽어도 눈물 한 방울 안 흘릴 거 같아요. 왜 울어요? 잘해 준 거 하나 없는데."

"그런 말 함부로 떠드는 거 아니야."

"함부로 떠드는 거 아니에요. 언니한테 처음 말하는 거예요. 언니니까 말하는 거야. 석영 아저씨 없으니까 안심하고 말하는 거라고요."

"내가 너한테 무슨 믿음을 줬다고."

다미는 그렇게 말하며 얼버무렸지만, 기분이 나쁜 것 같지는 않았다.

"저는 여기 있는 게 꼭 꿈 같아서요, 언니한테는 다 말하고 싶어요. 언니가 내 엄마였으면 얼마나 좋았을까."
"부모님이 들었으면 서운해하실 거 같은데?"
"서운? 그 사람들은요, 언니처럼 좋은 사람이 아니라니까요!"

나는 탁 소리 나게 그릇을 정리하며 신경질적으로 말했다. 굳이 다미를 보지 않아도 기뻐한다는 걸 느낌으로 알 수 있었다. 다미는 묘하게 벅차하는 것 같았다. 제대로 된 칭찬과 애정을 받아 보지 못한 사람처럼 애매한 표정을 지었다.

그동안 집주인인 다미를 가까이서 지켜본 결과, 에리카와 석영을 제외한 다른 누구와도 말을 섞는 일이 없었다. 다미는 외부에 바이러스라도 있다고 생각하는지 전혀 외출을 하지 않았고, 필요한 물건이 있으면 오로지 배달을 이용했으며, 전문가가 필요한 일이 생기면 사람을 집으로 불러들였다. 심각한 고인 물이었다.

두 번째 엄마는 정상인이었으면 좋겠는데…!

이런 나의 바람과는 무관하게 다미는 취기가 올랐는지 듣고 있던 음악의 볼륨을 높이고 일어나 춤

STAGE. 2

을 추었다. 간단한 손짓과 발짓이 섬세하게 날아올랐다. 그냥 흐느적거리는 몸짓이 아니라, 정식으로 배운 춤을 기억나는 대로 추는 것 같았다. 나는 춤에는 젬병이라 그저 박수를 치며 그녀의 흥을 돋워 주었다. 밀림의 해커들과 사이버전을 벌이고 있을 석영에게 춤추는 다미의 영상을 보냈다.

'제발 다미를 놔줘.'

내 메시지를 전부 씹던 석영이 웬일로 답장을 보내 왔다. 함께 춤추자고 내 손목을 잡아끄는 다미의 손을 거절하고 다시 석영에게 답장을 했다.

'우리 사이 질투하는 거야? 그런데 고다미는 내 거야, 아저씨.'
"남자친구? 뭐가 그렇게 재밌어?"

나도 모르게 웃고 있었는지 다미가 호기심 섞인 눈으로 내 핸드폰을 들여다봤다. 얼른 액정을 뒤집어 놓고 음악의 볼륨을 높였다.

타인의 세계에 들어가는 가장 쉬운 방법은 공통된 서사를 찾는 것이다. 천상계의 다미와 내가 공감대를 형성하는 일은 생각보다 그리 어렵지 않았다. 몇 번 손찌검을 하긴 했지만, 아빠는 나를 심하게 학대하지는 않았다. 신글동 개미굴에서 자라난 애들은 대부분 부족한 부모로부터 매질을 당하며 컸다. 그게 얼마나 흔한 일이었냐 하면 또래 친구들의 울부짖는 소리를 구별할 수 있을 정도였고, 알몸으로 쫓겨나 칼바람을 맞으며 벌을 서는 애도 심심찮게 봤다. 그래서 나는 내가 자란 환경을 대수롭지 않게 넘겨 왔다. 석영이 나를 팬 것도 내게 그리 큰 일은 아니었다. 다미에게는 다르게 다가온 모양이었다. 그게 힌트였다. 다미는 고선의 얘기만 나와도 경기를 일으킬 것처럼 흠칫했다. 하얀 수염을 멋스럽게 기르고, 고뇌를 품은 듯 늘 찌푸려진 미간을 가진 노인네에게 쌓인 게 많은 모양이었다. 나는 고선과 고다미 사이에 무슨 일이 있었는지를 광범위한 웹 서핑을 통해 틈틈이 알아내려 했다. 철저히 은둔자의 생활을 한 고다미와 달리 고선은 지식인이자 예술가로서 일생 동안 많은 분량의 인터뷰를 하고 저서를 남겼다. 고선은 생전 인터뷰에서 하나밖에 없는 딸에 대한 언급을 자주 했다. 딸은 나를 싫어한다, 딸로 인해 평생 외톨이로 살아왔다, 딸을 낳게 된 것은 실수였다는 아버지로서의 망언부터 딸의 그림이 예술적으로 가치가 있는지 모르겠다, 시장가격은 다 사기다, 정신이상자의 그림이다, 딸은 대중에게 다리 벌리는 창녀다 하는 선배 예술가로서의 망언까지 해 가며 골고루 딸을 씹어 드셨다.

약 먹고 곱게 죽었다니 아쉬웠다. 왜 나쁜 놈들은 항상 편한 결말을 맞이하는 걸까!

STAGE. 2

나는 때로는 화내고 때로는 눈물 흘리며 다미를 남몰래 동정했다. 그녀를 관찰하면 할수록 고선의 영향력은 막강하다는 걸 알 수 있었다.

다미는 어디서부터 어디까지 고선에게 지배당했을까. 나는 처음 이 집에 온 날 우리 아빠가 왜 그토록 화가 나 있었는지 다미에게 설명을 해 주고 싶었다. 조미료를 팍팍 뿌린 막장 드라마를 펼쳐 보였다. 주연은 나, 악역은 우리 아빠, 관객은 고다미. 아빠는 나에게 성적 학대를 가하고 마음대로 조종했으며, 석영을 같은 남자로서 질투했다고 말했다. 관객의 반응은 기대 이상이었다. 메스꺼움을 호소하며 자리를 박찼고, 아스피린을 삼키더니 조금 울었다. 그리고 다 지나갔다, 괜찮다며 나를 와락 안았다.

뜨거운 숨결. 귀족에게서만 나는 플로럴 계열의 향에 취할 때쯤, 다미는 원한다면 별채로 내 거처를 옮겨도 된다고 했다. 그러니까 다미만 혼자 드나드는 비밀의 방, 말이다. 자애로운 어머니의 배려에 감탄하며 고개를 미친 듯이 끄덕거렸다. 평소 석영이 부수지 못해 안달하던 시멘트 집으로 향했다.

다미는 잠금 아이디에 내 홍채를 등록해 준 뒤 문을 활짝 열었다. 24시간 습도를 조절하고, 공기를 순환시켜 주는 장치가 있다는 내부는 쌀쌀했다. 수많은 캔버스가 벽면을 장식하고 있어서 흡사 미

술관에 온 것 같은 착각이 들었다. 이 방의 그림들
은 대체적으로 음울하고 어두운 인상을 주었다. 가
로 길이가 3m나 되는 큰 사이즈의 그림이 출입문
을 바라보며 인사를 하는 듯해 유독 눈에 띄었다.
까만 화면에 파란색 빛을 내뿜는 점들 다섯 개가
수놓여 있었다. 다미에게 파란 점들이 별이냐고 물
었더니 그림 끝에 붙은 이름표를 가리켰다. 그림의
제목은 '수수께끼'였다.

　내가 호기심을 보이는 것과 반대로 다미는 그림
에 대해 얘기하고 싶어 하지 않았다. 장식을 배제
해 차갑고 미래적인 느낌이 드는 본채와 달리 작업
실은 옛 공주들의 안식처처럼 아늑한 바로크 양식
으로 꾸며져 있었다. 어두컴컴한 다미의 그림들만
뺀다면 말이다. 그림을 비추는 간접조명이 일정하
게 배치되어 있었지만, 실내는 다미의 얼굴에 확연
한 그림자를 만들 정도로 어두웠다. 다미는 리모컨
을 찾아 버튼을 눌렀다. 천장을 덮었던 다이아몬드
모양의 덮개가 지잉 소리를 내며 사라지자, 숨어
있던 새털구름과 은빛 별들이 가만히 우리를 내려
다봤다. 아름다운 곳이었다. 다미가 왜 이곳을 좋
아하는지 바로 알게 되었을 정도로.

　"원래 여긴 화원이었어."

　나는 다미가 침대 위에 아무렇게나 던져 둔 햅틱
글러브와 슈트를 보며, 밀림을 하고 있냐고 물었

STAGE. 2

다. 다미는 가끔, 이라고 말하더니 다시 입을 열어 외로울 때 해, 라고 덧붙였다.

"파트너 구했어요?"
"그런 거 없어."
"원나잇은 재미없을 텐데. 게임 자체가 그런 거 하라고 만든 게 아니라서, 퀘스트를 하기에도 적합하지 않고요."
"아주 전문가 납셨네."

나는 이상하게 다미가 비꼬며 말할 때가 좋았다. 친구 같고, 엄마 같아서.

"그럼요. 결혼 생활을 몇 년 했는데요, 내가. 초짜들이나 B스팟 사서 원나잇 즐기지, 진짜 유저들은 결혼하고 아이 낳고, 차근차근 단계를 밟아나가요. 인생은 다르잖아요. 스텝 차례로 밟으면서 살 수도 없고, 삐끗하면 낭떠러지 개미굴로 떨어지잖아요. 그런데 게임에선 안 그러니까, 노력한 대로 다 주니까 좋아요. 좋은 파트너 만나면 게임 플레이의 질이 달라진다니까요."

다미가 이 게임을 그저 한낱 유흥거리로 이용한다는 사실이 안타까워 과장을 더 보태고, 밀림의 홍보 대사처럼 떠들었다. 내가 그렇게 재밌었다고 말하면, 그녀의 남편과 재밌는 시간을 보냈다고 실토하는 셈인데 말이다. 나는 정말 멍청한 것 같다.

다미가 나를 괘씸하게 여겨서 비밀의 방에서 내쫓아도 할 말 없었다.

"내 말은 그러니까는요⋯."
"정말 그래?"

일순 방 안의 공기가 뒤바뀌었다. 다미는 홍보 요원에게 설득당해 귀를 팔랑거리고 있었다. 나는 더 친해질 기회를 놓칠세라 얼른 밀림을 쳤다. 함께 다미의 파트너를 구하자고 했다.

헉. 다미는 최상 구역인 A랜드에서 활동하고 있었다. 휘황찬란할 것 같다고 막연히 생각했던 A랜드는 생각 외로 소박하고, 단순했다. 건물들이 전혀 높지 않았고, 도로는 클랙슨 한 번 울리는 일 없이 조용했다. 걸어 다니는 아바타들도 비슷한 분위기를 풍겼다. 물론, 다미를 비롯한 A랜드 유저들이 착용한 아이템들은 거의 다 일반적인 방법으로는 구할 수 없는 희귀템들이었다. A랜드의 유저는 원한다면 다른 구역을 언제든 이용할 수 있었으므로 델피늄이 내가 머무는 D랜드로 왔다.

"고레벨이라 이런 데 있으면 똥파리들이 들끓겠는데요. 곧 이벤트 기간이니까."

나는 힘들게 올라간 D랜드가 갑자기 누추해 보인다는 느낌을 받으면서 말했다.

"그럼 더 좋지. 똥파리들은 금방 걸러지니까."

STAGE. 2

델피늄은 전혀 신경 쓰지 않는다는 투였다. 다미와 판박이처럼 닮은 아바타 델피늄을 본 나는 다미가 어떤 사람인지 더 궁금해졌다. 보통 사람들은 밀림에서 원래 모습을 숨겼고, 아바타의 외면이 자신의 진정한 모습인 양 착각했다. 실제에 비해 과장되고 생략된 아바타들 사이에서 델피늄은 확실히 튀었다. 인간 같은 외양을 가진 데다 모든 행동이 자연스러웠다. 그녀 옆에 선 초코페는 부족한 현실감 탓에 붕붕 떠 있는 것 같았다. 나는 먼저 너무 튀는 델피늄의 의상을 바꿔 주기로 했다.

"델피늄한테는 다미와 다른 델피늄만의 매력이 있을 거예요. 그걸 찾아야 해요."

내 말이 일리 있다고 생각한 델피늄은 내가 권하는 대로 군말 없이 옷들을 입어 봤다. 캣우먼 같은 검은색 라이더 의상이나 아방가르드한 디자인의 의상도 잘 어울렸다. 우리는 서로에게 옷 골라 주기에 심취해 하이틴 소녀들처럼 깔깔대며 놀았다. 시밀러 룩을 입고 인증 사진도 찍었다. 나는 델피늄에게 유명인들이 많고 즉시 가입 가능한 170개의 모임을 권했다. 델피늄은 그중에서 수영, 아이돌보기 봉사활동, 탱고 모임을 선택했다.

"이제부터 아주 바쁘게 다녀 봐요. 가상 남편을 찾아서."

"넌?"

"초코페는 열여섯이라 못 하잖아요."

내 말에 다미는 아쉽다는 듯 글램업을 빼고, 옆에 선 나를 바라봤다. 내일부터 개인 교습 선생님을 집으로 불러 주겠다고 했다. 왜요? 나는 공부 따위는 할 생각이 없었다. 그것 말고 필요한 게 따로 있었다.

나를 품어 줄 보금자리. 나를 안아 줄 엄마.

"언니. 나 여기서 평생 살면 안 돼요? 악연으로 만났지만 오해도 다 풀렸고, 나는 무엇보다 언니를 사랑해요. 그런 집으로 나를 다시 보내는 건 학대나 마찬가지예요."
"집으로 보낸다고 한 적 없어."
"언젠가 보내긴 할 거잖아요. 언니는 이런 환경에서 자란 사람이라 잘 몰라요. 내가 얼마나 죽고 싶은지."
"알아. 너만큼이나 잘 알아."

어느새 술기운이 다 가셨는지 다미의 피부는 창백하게 질려 있었다. 나는 벼랑 끝에 매달린 사람처럼 다미의 품으로 파고들었다. 다미의 입에서 옅은 한숨이 나왔다.

"초영아. 집으로 보내진 않을 거야. 그거 하나는 약속해 줄 수 있어."

나는 안심을 해 버렸고, 말실수를 했다.

STAGE. 2

"응응, 나는 사실 고아나 다름없어. 엄마. 아니 언니…."

다미가 복잡한 얼굴로 금방 한 걸음 물러나자, 나는 두 걸음 뛰어가 다시 그녀의 품속을 찾았다. 한 줌밖에 안 될 것 같은 가냘픈 허리를 두 팔로 깍지를 껴 꽉 안았다.

"아파…."

다미가 작게 웅얼거렸다. 아프면 좀 참아요. 중요한 순간이잖아? 절대 안 놓쳐. 내 엄마.

김석영

사체는 무연고자 처리가 되어 영안실에 놓여 있었다. 내가 왜 그들의 마지막 얼굴을 확인해야 하는지도 모른 채 에리카가 불러서 간 것이었다. 남자의 험상궂었던 인상은 모든 짐을 내려놓은 듯 편안해 보였다. 콧잔등이 벌어진 상처가 그대로 보였지만, 그의 얼굴을 알아보는 데 문제는 없었다. 그에 반해 여자의 얼굴은 유리 조각이 무작위로 덮쳤었는지 여기저기 찢긴 상처로 가득했다. 오래 쳐다봐야만 내게 은밀한 눈인사를 건넸던 예쁘장한 얼굴을 어렴풋하게 기억해 낼 수 있었다.

"맞죠? 그 사람들?"

에리카에게 죽음이란 자신과 단절된 타인의 것인가 보다. 일말의 동요도 없이 물었다.

STAGE. 2

나는 고개를 까닥했다. 이 시각, 집에서 다미의 시중을 들며 지내고 있을 초코페가 생각났다. 이 시체들을 보자 그 애의 못난 얼굴과, 다미의 곁에 착 달라붙어 갖은 아양을 떨고 나를 은근히 따돌렸던 몇 주간의 행적들이 그리 밉지 않게 여겨졌다.

어린 여자애가 그렇게까지 계산적이어야 하는 이유는 살아온 환경에 있었다. 신글동은 하루에 평균 세 번 이상 자잘한 사건 사고가 일어나는 동네라 악명이 높았다. 가난한 집안에서 자란 나조차도 살면서 신글동 출신이라고 말하는 사람을 한 번도 마주친 적이 없었다. 그 동네의 모두가 자기 고향을 숨긴 채로 살았다. 신글동에서는 햄버거를 훔쳤다고 칼부림이 일어났고, 출신이 불분명한 외지인들이 저마다의 이유로 쫓겨 개미굴로 흘러들었다. 초코페의 집 주소가 신글동이라는 것을 들었을 때, 다미는 내가 바퀴벌레라도 달고 온 것처럼 인상을 쓰며 회사나 열심히 다니라고 말했다. 회사에 다니기 싫으면 안 다녀도 상관없다고 했다. 그냥 아무 일도 벌이지 말고, 조용히 옆에 있어 줬으면 좋겠다고 예쁜 입으로 말했다. 결혼 직전부터 꺾일 대로 꺾였던 자존심이 되살아났을 리 없을 텐데, 나는 조용히 이를 갈았다.

에리카가 여기 있다는 건 그들의 죽음에 다미가 연루됐다는 뜻이었다. 에리카는 왜 나를 부른 건

가. 둘이서 해결 보면 될 일을. 그녀의 스포츠카 보조석에 앉아 아내의 꿍꿍이가 무엇일지를 생각했다. 찜찜한 년. 초코페가 들어온 이후 모든 게 뒤죽박죽이다.

차를 뽑은 지 얼마 되지 않았는지 새 시트 가죽 냄새가 진동을 했다. 에리카는 커피와 타코를 사와서 내게 건넸다. 방금 시체를 보고 온 탓에 먹을 기분이 안 나 타코를 거절하자, 에리카는 내 것까지 두 개를 먹어 치웠다.

"저 사람들 어디 있나 찾아다니다 보니까 뭘 먹을 시간이 없었어요."
"탐정으로 새로 취직한 거야?"

타코를 감쌌던 코팅지를 구기면서 에리카가 지친 표정을 지었다.

"며칠 동안 진짜 내가 탐정인가 싶었어요. 고다미는 사람 진짜 안 믿잖아요. 자산관리사가 왜 시체를 확인하고 있는 거야…."
"날 부른 이유가 뭐야? 다미한테 거짓말하고 나왔어. 정확히 말하면, 거짓말은 아니지만."

밀림에서 해커들이 장난을 치는 바람에 몇몇 유저들의 아바타가 이상 증세를 보이긴 했지만, 수습하기에 그리 어려운 일은 아니었다. 해커들의 침투력은 미미했다. 에리카가 다미 몰래 나와 달라고

STAGE. 2

하길래 나는 밀림이 해커들의 공격을 받아서 가 봐야겠다고 다미에게 거짓말을 했다.

에리카는 가방에서 투명한 봉투에 밀봉된 종이 서류 한 장을 꺼냈다. 흰 종이에 공을 들여 빽빽하게 쓴 글씨가 보였다. 나는 미심쩍은 심정으로 서류를 받아 들고 그 내용을 재빨리 훑었다. 그것은 유서였으며 자신의 억울함을 주장하는 호소문이기도 했다. 글의 맨 끝에는 '이초영의 아버지 이광훈 올림'이라고 쓰여 있었다.

유서 내용은 어렵고 힘들게 살던 부부의 하나밖에 없는 딸이 고매한 예술가 가문인 척하지만 실상은 추잡한 집안의 한 남자에게 유린당했으며, 그가 강력한 처벌을 받길 원하니 잡아 달라는 것이었다. 정확히 내 이름이 범인으로 거론되어 있었다. 나는 어이가 없어 웃었다. 너무 사실과 동떨어진 내용이라 반론할 기분도 나지 않았다.

"가져요. 그거 석영 씨 약점이잖아요."

에리카는 고객이 어떤 쓰레기 인간이든 상관없다고 생각하는 유능한 변호사처럼 말했다.

"왜 이걸 나한테 줘? 다미한테 줘야지."
"석영 씨한테 약점이라는 건 고다미한테는 무기라는 거잖아요. 내가 요즘에 고다미한테 아주 질렸거든요. 득 되는 일은 하고 싶지 않아요."

"그렇다면 버려도 됐을걸, 굳이 나를 부른 이유는?"

"말할 사람이 필요해서."

"꼬시는 건가."

"꿈도 커. 일이 이상하게 돌아가는 것 같아서요."

나는 몸을 틀어 잠자코 에리카의 다음 말을 기다렸다. 에리카는 갑자기 가까이 다가와 내 상체를 더듬거렸다. 안주머니에서 핸드폰을 꺼내 전원 버튼을 눌렀다. 보안이 신경 쓰인 모양이었다.

"제가 갔을 땐 살아 있었어요."

에리카가 말했다. 이윽고 이어진 침묵에 불안감이 엄습했다. 내가 소리 질렀다.

"무슨 짓을 저지른 거야? 에리카!"

방금까지 타코를 맛있게 먹어 치우던 에리카가 별안간 흐느꼈다. 무감각해 보였던 에리카의 감정은 얼어붙어 있었을 뿐이었나 보다. 나는 에리카를 달래고 싶지 않았다. 티슈 같은 것은 찾아 줄 생각 없으니, 어서 빨리 대답이나 해 주길 바랐다.

"난 아무 짓도 안 했어요. 그저 목격자라고요."

다미의 지시대로 에리카는 사람 목숨을 파리 목숨처럼 여기는 악명 높은 해결사들과 계약을 했다. 15억을 요구하고 나를 고발했다는 이유로, 초영의 부모는 심심할 틈도 없이 해결사 일행의 죽이겠다

STAGE. 2

는 협박과 폭력에 시달렸다. 초영의 부모가 며칠 집에 들어오지 않자, 그들이 선택한 건 집에 혼자 남아 있던 초영이었다. 초영은 폭행을 당한 뒤 천만다행으로 도망쳤다.(그랬다. 초영은 우리에게 거짓말을 했다. 아빠가 아닌, 다미가 고용한 해결사 놈들에게 쫓긴 것이었다.)

해결사들이 선을 넘었다고 생각한 에리카는 곧바로 계약을 해지했다. 에리카는 해결사 대신, 초영 부모의 일상을 혼자서 직접 지켜봤다. 적절한 때에 합의서와 비밀 유지 각서를 들고 가 도장을 찍을 예정이었다.

사건 당일, 부부는 한밤중에 차를 몰고 어딘가로 향했다. 음주 운전 같았어요. 차가 심하게 우왕좌왕해서 그것 때문에 사고가 나도 이상하지 않을 정도였다니까요. 흥분한 에리카의 말이 갑자기 빨라졌다. 그들의 곡예 운전을 신고하려던 순간, 눈앞에서 쾅 하는 굉음이 울렸다. 에리카는 차에서 나올 수 없었다. 하지만 수렁 아래로 떨어져 뒤집힌 채로 연기를 내뿜는 고물 차에 타고 있던 부부가 멀쩡하지 않을 거라는 건 알았다.

"당연히 다미에게 전화를 했겠지?"

내가 물었다.

"물론이에요. 내가 신고를 하겠다니까…"

"하겠다니까?"

"… 다미는 그냥 두라고 했어요."

"뭐?"

"못 본 척 지나가라고 했어요. 신글동에서 암골로 빠지는 길에는 사람이 거의 다니지 않잖아요. 그때 알았어요. 나는 해결사와의 계약을 해지했다고 생각했지만, 계약 당사자는 내가 아니라 고다미예요. 난 대리인일 뿐이었고."

"고다미가 죽였다는 얘기야?"

에리카는 조용히 고개를 끄덕였다.

"고다미가 왜 그렇게까지 하는지 전혀 이해할 수 없었어요. 15억 줘 버리면 그만이고, 그래요. 충분히 협상도 가능했어요. 그 사람들은 부른 금액의 3분의 1만 줬어도 충분히 만족했을 거예요. 그런데 왜, 아예 없애는 데 집착을 했는지…. 석영 씨는 이해 가요?"

"내가 걔 속을 어떻게 알아?"

다미는 내게 미로의 숲 같았다. 그녀가 만든 미로 속을 한참 헤매다가 결국 출구 찾기를 포기해 버린 지 오래다.

"사랑이라고밖에는 설명이 안 돼요."

무슨 사랑?

"고다미는 지금 미친 상태예요. 어린 여자애 때

STAGE. 2

문에 질투로 눈이 멀어서 파괴왕이 되고 싶은 거라니까요. 나중에는 이초영은 물론, 석영 씨 목숨도 위험해질 거예요. 남편인 당신은 고다미의 좋은 모습만 보니까 모르는 거예요. 고다미는 무엇도 용서하지 않아요. 그래서 유서를 다미에게 줄 수 없었어요. 기름 붓는 꼴이 될 테니까."

나는 황당하다는 표정으로 웃었다. 곧 내게 총을 겨누던 다미의 모습이 떠올랐다.

"난 떠날 거예요. 이런 미친 일에 더 이상 연루되고 싶지 않아요."
"이미 연루됐어."

에리카의 차에서 떠밀리듯 내렸다. 차 문을 닫기가 무섭게 스포츠카는 빠른 속도로 시야에서 사라졌다. 그러나 나는 에리카처럼 도망칠 수 없었다. 다미의 종노릇을 하며 내가 날린 기회들을 상쇄할 만한 것을 받아 내야 했다. 나가라면 나가고 들어오라면 들어가는 일에는 이제 질렸다. "또 부부 싸움 하셨나 봐요? 이번에는 얼마나 있게?"라며 능글맞게 묻는 러브호텔의 주인에게 그게 아니라고 둘러대는 일에도 지쳤다. 쫓겨나는 것도 로테이션 돌리면서 해야지. 이번에는 먼저 와이프를 내쫓아 버려. 먼저 깃발 꽂는 게 임자요. 그날따라 러브호텔 주인의 참견이 머릿속에 내내 따라붙었다. 뭘 안다고 떠들어요, 라고 말하는 대신 그 말도 일리가 있네요, 하고 대꾸했다.

나는 에리카가 건넨 유서를 다시 펴 봤다. 분노로 인해 논리 정연하지 못하고 지루하고 재미없는 유서를 찢어 버렸다. 때맞춰 이초영에게 메시지가 왔다. 영상 속에서는 술에 취한 다미가 춤을 추고 있었다. 중간중간 와, 멋있다 하며 박수를 치는 이초영의 목소리가 들렸다. 그 애 부모를 죽이고, 그 애와 춤판을 벌이다니.

다미가 춤을 추는 모습은 좀처럼 본 적이 없었다. 거의 기억에 없는 일이었다. 내 아내는 누구지. 인두겁을 쓴 악마인가.

돌아온 나를 반기는 것은 다 식어 빠진 생선과 양송이수프, 그리고 텅 빈 집. 다미는 또 작업실에서 시간을 때우고 있는 모양이었다. 이초영은 어디로 갔는지 보이지 않았다. 나는 곧바로 집 안에 아무도 없는 걸 확인하고, 2층 창고에 둔 이초영의 소지품 가방을 열었다. 이초영이 이 집에 더 머물기로 한 뒤, 혼자 자기 집에 가서 챙겨 온 커다란 나이키 더플백이었다. 제 몸만 한 걸 짊어지고 와서 한다는 농담이 공짜로 쓰리썸도 가능하다고 했다. 누구도 웃지 않았다.

창고 선반 아래 여타 유물들 사이에 숨겨 둔 낡디낡은 나이키 더플백은 이질감을 드러내며 튀었

STAGE. 2

다. 집 안의 부스러기를 긁어모아 가방 안에 숨기는 데 재미를 들인 이초영이 오기 전에 재빨리 가방 속을 확인했다. 속옷 몇 벌과 구형 핸드폰(켜지지 않았다.), 글램업 안경, 누더기 곰 인형, 신문지에 싸인 칼, 나머지 물건 전부가 다미 것이었다. 다미의 의류와 구두, 장신구를 비롯해 여분으로 쌓아 뒀던 새 치약과 칫솔같이 자질구레한 것들도 마구잡이로 들어 있었다. 나는 그중에서 제일 눈길을 끄는 소지품인 칼을 꺼냈다. 지문이 남지 않도록 조심하며 살폈다. 날이 바짝 선 칼은 슈퍼마켓에서 파는 흔한 물건이었다.

"그건 호신용으로 가져온 거예요."

언제부터 지켜보고 있었는지 모르겠다. 이초영에게서 찬 바닷바람의 냄새가 났다.

"미안하다."

나는 짧게 사과하며, 늘어놓은 이초영의 물건을 다시 정리하기 시작했다.

"그대로 두세요. 제가 할게요."

이초영은 내 손에 들린 칼을 옮겨 쥐더니 가방 속 아래쪽에 쑤셔 넣었다. 그리고 뒤가 구린 사람처럼 눈을 마주치며 은근하게 웃었다. 혀를 날름 내미는 모양새가, 좀 봐 달라는 식이었다. 물론 지금도 여전히 이초영이 이 집에 들어온 속내가 불순

할 것이라는 의심이 가시지 않았지만, 새삼 그 애가 불쌍하게 보였다. 부모의 생사를 모른 채 원수에게 간이고 쓸개고 빼 줄 것처럼 구는 나의 전 와이프, 초코페.

"밤새우고 오는 줄 알았는데 일찍 왔네. 밥은 먹었어요?"

과거 밀림에서 놀던 때처럼 이초영은 부드럽게 물었다.

"뭐 맛있는 거 있어?"

나도 장단을 맞춰 줬다.

"냉장고에 남겨 둔 도미찜이 있긴 한데요. 파르렛은 생선 별로 안 좋아하니까 금방 스테이크 구워 줄 수 있어요. 감자튀김이랑. 어때요?"
"나쁘지 않네."

그 순간 이초영이 다가와 가볍게 이마에 뽀뽀를 했다. 어이쿠야. 나는 놀라 자빠져 배를 뒤집고 버둥거리는 자라처럼 뒤로 물러나 기겁했다. 내 행동이 과장되었다고 느꼈는지 이초영은 까르르 배를 잡고 뒤집어졌다. 천진난만하게 웃음을 흘리는 이초영은 이럴 때 중학생의 모습으로 돌아갔다. 어른이 다 된 척 앞치마를 두르고, 참견을 하고, 계산기를 두드렸지만 애는 애였다. 그것도 보호자 없는 아이.

"이렇게 둘이 있으니까 결혼 생활이 생각나서요.

STAGE. 2

우리 진짜 좋았잖아요. 내가 매일 이마에 뽀뽀해 주고, 아저씨는…"

나는 이초영의 입을 우악스럽게 틀어막았다. 그때의 일을 가장 그리워하는 사람은 초코페가 아니라, 나일 거다. 눈 사이가 멀어 사팔뜨기 같아 보이는, 눈앞의 저 지저분한 피부의 어린애를 맞닥트린 이후로 나는 갈 곳을 잃은 나그네가 된 것이나 마찬가지였다. 사랑을 잃은 내가 퍼랭을 찾아 집을 받는다고 해서 행복해질까? 아니. 미래를 잃어버렸으니 내게 남은 건 딱 하나였다. 다미의 돈이었다.

"너한테 물어보고 싶은 게 있어. 오프라인에서 만나기로 한 날, 왜 나오지 않았지?"
"당연히 안 나가죠. 초코페와 나는 너무 다르니까."
"좋아. 그럼, 처음부터 거절했으면 됐잖아? 그럼 갑자기 사라지지 않아도 됐을 테고, 우리 모닝스타가 죽을 일도 없었을 거 아냐?"

조금 허탈한 기분이 들었지만 대충 그런 이유일 거라는 예상은 하고 있었다. 어린 소녀와 중년 아저씨의 결혼은 당연히 안 될 소리다.

"넌 나를 배신한 거야. 2년 동안 같이 많은 일을 겪고 사랑을 맹세했으면서 말이야."
"… 죄송해요. 절 싫어하셔도 어쩔 수 없다고 생각해요. 그렇지만 앞으로 잘할게요."

고개를 푹 숙인 소녀의 턱을 손으로 받쳐 올려 나를 보도록 했다. 손질하지 않아 눈가를 찌르는 앞머리를 차분하게 정리해 주었다. 만약 다미가 봤다면, 우리 사이를 오해했을 것이다.

"초코페. 너한테 원하는 게 있어."

"뭔데요?"

금방 입술을 부딪칠 것처럼 이초영이 바짝 다가왔다.

"나한테 잘하겠다고 약속했으니 이번엔 정말 잘해야 할 거야. 15분 뒤에 밀림에서 만나." 나는 덧붙였다. "다미한테 절대 들키지 마."

초코페는 내 말에 무슨 상상을 했는지 야릇하게 웃었다. 드디어 내가 본색을 드러낸다는 듯 만족스러운 미소를 지었다.

"뭐야, 진짜 바람피우는 것 같잖아. 짜릿해. 좋아요!"

열여섯 살짜리 애들은 원래 이런가. 저질스럽고 신물이 났다. 테라스에 나가 작업실 상황을 확인했다. 천장에서 은은한 빛이 새어 나왔다. 다미는 뭘하고 있나. 네 남편이 너를 죽이려고 작당을 시작했는데, 말이야.

STAGE. 2

고다미/델피늄

뱀눈 아바타에게, 초코페에 관한 것이라면 작은 부스러기까지 긁어모아 달라고 했다. 이틀 만에 뱀눈 아바타는 방대한 자료를 파일로 만들어 건넸다. 처음 밀림에 가입한 시기부터 지금껏 접속한 횟수, 초코페와 친한 유저들의 리스트, 자주 들르는 술집과 카페, 주로 하는 활동들, 파르렛과 결혼한 날짜, 그 이후에도 종종 클럽에서 남자들을 만나 팟을 뜬은 정황까지 모두.

가진 게 없어서 무서울 게 없다는 건방진 태도를 고쳐 줘야겠다고 생각했다. 사람은 잃고 나서야 무엇을 잃었는지 알게 된다. 자기 잘못을 제대로 깨닫게 해 주겠다는 비틀린 감정으로 초영을 끌어왔다. 그 애가 실수인 척 은근슬쩍 나를 엄마라고 불렀을 때는 딱밤이라도 한 대 때려 주고 싶었다. 한

군데도 닮은 곳이 없는데 정신 차려, 하고 말이다.

아. 딱 하나 닮은 점이 있긴 했다. 이초영은 친구 하나 없는 외톨이였다. 평판이 그다지 좋지 않았다. 밀림을 플레이하면서 게임 친구가 생기긴 했지만 이제 나는 그 친구들과의 관계마저 끊어 버릴 예정이다. 철저한 외톨이로 만들어 버린 후, 그 애를 내 집에서 내보낼 작정이다.

초코페는 내 집으로 들어온 이후에는 밀림에 거의 로그인하지 않았고, 그건 석영도 마찬가지였다. 풍비박산 난 그들의 집에 들어갔다. 폴폴 날리는 이불솜이 모닝스타에게는 먹잇감으로 보였는지 컥컥거리며 뜯어 먹고 있었다. 초록 괴물이 된 작은 아이는 나를 알아보지 못했고, 내가 이불솜을 뺏어 먹을까 봐 걱정됐는지 위협하는 듯한 낮은 괴성을 내었다. 구석진 의자에 앉은 뱀눈 아바타는 검은색 지팡이 같은 것을 들고 있었는데 아마 그것 때문에 모닝스타가 내게 가까이 접근하지 못하는 것 같았다.

"이 정도면 충분히 델피늄이 승리한 것 같아요. 본처 만세."
"이 집은 언제 없어지죠?"
"생각보다 오래 걸려요. 저 괴물이 이 집을 다 먹어 치우면 무너지다가 사라질 텐데, 보다시피 토하고 먹고 토하고 먹고 하거든요. 그 전에 집주인들이 와서 정리한다면 더 빨리 사라지겠죠. 물론 돈을 더 쓰시면, 제가 해결할 수도 있습니다."

뱀눈 아바타는 이제 확실한 물주가 누구인지 잘 안다는 말투로 말했다. 한결 친근해진 미소를 짓더니 검은색 지팡이를 모닝스타에게 휘둘렀다. 그러자 모닝스타가 비명을 지르면서 나가떨어졌다. 초록색 외피가 금방 불길에 휩싸여 까맣게 타들어 갔다.

"그만둬요!"

내가 지팡이를 뺏자, 뱀눈 아바타는 두 손을 떼며 뒤로 물러났다.

"생각보다 착하신 분이네요. 히히."

소리 내 웃던 뱀눈 아바타가 표정을 일순 바꾸더니, 뭔가를 감지한 듯 문 쪽을 바라봤다.

그들이 접속했어요. 그 말의 뜻을 제대로 이해 못 한 나를 끌고, 뱀눈 아바타는 다락방으로 올라갔다. 거의 비슷한 타이밍에 벌컥 현관문이 열렸고 파르렛과 초코페가 집 안으로 들어왔다.

호오. 이제 다시는 밀림 플레이를 하지 않겠다고 맹세한 게 엊그제였는데. 내 뒤에 앉아 아래를 내려다보는 뱀눈 아바타의 더운 숨결이 느껴졌다. 변태같이 지금 이 상황을 몹시 재밌어했다.

파르렛은 침대 근처로 눈길을 돌렸다가 초록색에서 까만색으로 변한 모닝스타를 봤다. 아이의 변화를 염려하기보다 자신을 공격할까 봐 걱정하는 눈치였다. 파르렛은 연기를 내뿜는 모닝스타와 떨어져 서서 책장 옆으로 초코페를 끌었다. 덕분에 다락방과 정면으로 마주 보게 된 그들을 자세히 관찰할 수 있었다. 초코페는 끄윽거리는 모닝스타를 역겹다는 듯 바라보며 우리 애가 맞냐고 파르렛에게 물었다. 파르렛은 초코페의 말에 대꾸할 생각이 없는 듯했다.

"불안하면 위로 올라가서 얘기할까요?"

나는 초코페의 말에 숨을 곳을 찾아 얼른 뒤를 돌아보았다. 다행히 우리를 살린 건 파르렛이었다.

"아니. 모닝스타가 있던 곳에는 가고 싶지 않아. 아직 냉장고에 분유도 그대로 남아 있을걸."

휴. 한시름 놓는 나와 자극적인 통속극을 보는 듯 신난 뱀눈 아바타.

"집이 난리가 났네. 내가 없다고 이래 놓는 건 너무 심하잖아, 아저씨. 이거 다 어떻게 모은 건데."
"본론만 말할게. 너는 날 어떻게 생각해?"

파르렛이 초코페의 작은 어깨를 양손에 쥐며 말했다.

"네?"
"무엇 때문에 우리 집에 온 거야?"

STAGE. 2

물끄러미 파르렛을 바라보는 초코페. 한참 만에 겨우 대답한다.

"아저씨가 보고 싶어서?"

눈치 없는 초코페의 대답에 소리 없이 차오르는 파르렛의 분노가 느껴졌다.

"솔직히 말하지 않으면, 내가 알고 있는 비밀을 다미한테 말할 수밖에 없어."

쐐기를 박는 파르렛의 말에 초코페는 다시 머리를 굴린다. 텅텅 빈 머릿속에서 빠르게 구슬이 도는 소리가 여기까지 들리는 것 같다.

"무슨 비밀을 말하는 건지 모르겠어요."
"너는 계획적으로 우리 집에 들어왔지. 증거는 충분히 있어. 그래도 발뺌할래?"
"나한테 원하는 게 뭐예요?"
"원하는 걸 먼저 말하라고! 초코페."

파르렛의 천둥 같은 목소리에 깜짝 놀란 내가 움찔 몸을 떨었다. 통. 통. 통. 바닥에 굴러다니던 젖병이 계단을 타고 1층 바닥으로 떨어졌다. 초코페가 파르렛의 등 뒤로 떨어진 젖병을 보다가 다락방을 올려다봤다. 들켰을까. 그 순간 다시 파르렛이 초코페를 구석으로 몰며 똑바로 대답하라고 말했다.

"밀림에서 언제까지 게임이나 하면서 퍼랭이 찾

아오길 기다릴 수는 없잖아요. 퍼랭을 무슨 수로 찾아서 우승을 해? 당신 집은 넓고, 나 하나 머물 수 있는 방은 많잖아요. 날 받아 줘요. 자식도 없잖아. 나 괜찮은 딸 역할 할 수 있어. 게임 속에서 우린 최고의 파트너였잖아요."

"너 같은 딸을 누가 갖고 싶어 해?"

초코페는 무릎을 꿇고 비굴한 표정으로 파르렛을 올려다봤다. 초코페의 두 손이 파르렛의 바지 버클에 가 닿았다.

"자식이 아니면, 아내도 괜찮아요…."
"미친년!"

퍼. 파르렛이 초코페의 어깨를 발로 찼다. 나가 떨어진 초코페의 몸 위에 올라타 주먹질을 했다. 안 돼! 가서 말려야 했다. 하지만 나설 수가 없었다. 초코페의 비명이 귓전을 아프게 때렸다. 나는 두 손으로 귀를 막았다. 초코페가 아이처럼 울기 시작했고, 파르렛의 주먹질이 겨우 멈췄다.

"본인이 무슨 게임 여전사라도 되는 줄 착각하는 모양이야."
"잘못했어요…."
"잘 들어, 미친년아. 나는 고다미를 죽일 거야. 그러니까 딸 자리 차지할 생각 말고, 제대로 협조해. 돈을 조금이라도 받고 싶으면 말이야."

STAGE. 2

나를 사랑하는 사람은 딱 한 명이었다. 그건 석영이어야 했다. 밀림에서 여러 명의 사람을 만나왔지만, 나는 언제나 석영과 데이트를 했다. 내 아이템 중에는 파르렛도 아닌 석영을 그대로 본뜬 3D 스킨이 있었다. 매번 내게 추파를 던지는 아무개 씨에게 석영의 스킨을 입히고 사랑을 나눴다. 그래서 우리의 처음은 늘 재생산되었다. 카페에서 우연히 마주치거나, 술집에서 만났고, 함께 보트를 타기도 했다. 늘 나를 뜨겁게 원하는 수많은 석영들. 그들과 그려 본 미래의 선택지 가운데 지금의 상황은 없었다. 부인을 살해할 공모를 하는 남편과 내연녀. 존재를 잊고 있었던 뱀눈 아바타가 내 손을 잡아 왔다. 그제야 내 몸이 배신감으로 부들부들 떨리고 있다는 것을 알아차렸다. 쉿. 그가 나를 동정했다.

초코페가 파르렛을 향해 한 발 앞으로 다가갔다.

"아저씨는 언니가 불쌍하지 않아요?"

"누가 누굴 동정해?"

"언니네 엄마는 어린 언니의 눈앞에서 자살했고 아빠는 딸에게 사랑은커녕 혐오만 줬어요. 그런데 이제 남편이 자길 죽이겠대. 그거 너무 불쌍한 시나리오잖아요."

"그래? 난 걔한테 시달린 내가 제일 불쌍해."

파르렛의 등에 가려진 초코페의 표정은 잘 보이

지 않았다. 초영의 두 마디로 정리된 내 인생은 겉으론 멀쩡했지만 손을 대면 금방 무너질 모래성처럼 가볍고 보잘것없었다. 키미는 이제 내가 세상을 보기 시작했다고 했고, 메건은 세상이 다 내 거라고 했지만 나는 제대로 된 세상을 본 적도 가진 적도 없었다. 나를 저주하고 미워하고 싫어하면서 세월을 보냈다. 그런 내게 구원은 석영이었다. 초영은 나를 정확히 알아봤다. 이제 안 지 두 달밖에 안된 조그맣고 사랑스러운 계집애가 말이다.

초영과 석영의 대화는 에너지를 충전한 모닝스타의 괴성과 맞물렸다. 모닝스타는 부모에게 달려들었고, 거의 동시에 그들은 띠링, 종소리를 내며 로그아웃했다. 눈앞에서 부모가 사라지자 모닝스타는 아까 내가 떨어트렸던 젖병을 쏜살같이 집어들었다. 분명히 상했을 우유를 쪽쪽 빤 모닝스타는 맛이 흡족한 듯 그르릉 가래 끓는 소리를 내었다.

"사모님은 뭐 하는 사람이에요?"

이전까지 내 신상에 대해 한 마디도 묻지 않던 뱀눈 아바타가 물었다. 여태 꽉 잡고 있던 축축한 손을 뿌리쳤다. 어느새 뱀눈 아바타의 보라색 동공은 호기심으로 빛났다. 내가 원하기만 한다면, 무료로 더 많은 것들을 조사해 줄 수 있다고 했다. 나는 모닝스타를 바라봤다. 고무 꼭지마저 씹어 먹느라 정신이 팔린 어린 괴물의 등 뒤로 다가가 목을

STAGE. 2

졸랐다. 물리면 전염되니까 조심해요, 뱀눈 아바타가 소리쳤다.

죽은 나무처럼 딱딱하게 말라비틀어진 목을 부러트리는 데는 그리 오랜 시간이 필요하지 않았다. 내 두 손에는 진득한 초록색 진물이 남았다. 마켓에서 가장 비싼 아기 관을 사서 모닝스타를 넣었다. 좀비 아이였던 모닝스타는 어느덧 처음 봤을 때의 맑고 깨끗한 인간 아기로 돌아가 있었다. 집을 나와 근거리에 있는 공동묘지로 향하기 전 뱀눈 아바타에게 지시했다.

"이 집을 흔적도 남지 않게 없애요. 해킹을 하든 불도저로 밀어 버리든."

뱀눈 아바타가 휘파람을 불며 끄덕였다. '파르렛과 초코페의 집'이라고 쓰인 문패를 챙겼다. 모닝스타가 사망했다는 소식이 실시간 알림판에 떴다. 부모인 그들에게도 알람이 울렸을 것이다. 허리까지 올라오는 갈대로 가득한 공동묘지 구역으로 가서 모닝스타를 묻었다. 개자식의 뒤치다꺼리는 이게 마지막이었다.

"언니. 어제도 밀림 했어요?"

민소매 차림의 초영은 튀긴 야채를 쟁반에 담아 가지고 와서 옆에 앉았다. 광대뼈 쪽이 옅게 부어 있었다. 괜찮은 걸까.

"했지. 밤새 탱고도 배웠고, 책을 읽고 토론도 하기로 했어."

나는 손에 들고 있던 소설책을 흔들며 말했다.

"와. 정말 잘됐어요."
"너는 잠을 못 잤니?"

잔뜩 푸석해진 얼굴을 두 손으로 감싸며 초영은 그날이라고 둘러댔다. 연고라도 발라야 할 텐데. 석영은 바다에서 찰박거리며 수영을 하고 있었다. 한동안 술만 마시고, 운동은 등한시하더니 나를 죽이려고 체력 보강 중인 모양이었다.

"초영아, 이제 부모님을 보내 줘야 하지 않을까?"

내 말에 초영은 인상을 구기며 넘실거리는 파도 사이에서 사라졌다 나타나길 반복하는 석영을 바라봤다.

"못 가겠어요. 한번 가면 못 돌아올 것 같아요, 언니."
"그게 무슨 바보 같은 소리야? 이리 와."

나는 전날 밤, 초영에게 비밀 하나를 말했다.

"너희 부모님이 사고를 당하셨어. 지금 K병원 영안실에 계셔."

STAGE. 2

초영은 예상했던 일이 벌어졌다는 듯 하나도 놀라지 않았다. 오히려 잘됐다고 부모를 증오했다고 말했다. 말은 모질게 하면서 눈에는 눈물을 그렁그렁 매달았다. 나는 제대로 초영을 달래 주지 못했다. 그냥 그 애 얘기를 들어 주기만 했다. 아빠는 스마트 안경 사업이 망한 뒤 사채 빚에 쫓겼다. 두들겨 맞고 오는 일이 빈번해지더니 피 냄새에 환장하는 투견처럼 차츰차츰 눈빛이 변했고, 술에 만취해 엄마와 초영을 죽이겠다고 위협하는 일이 잦아졌다. 초영은 아빠에게 맞을 때마다 망치로 아빠 머리를 내려치는 상상을 했다. 부모가 다 죽었으면 싶었다. 그 시기에 초영의 집 주변을 맴도는 수상한 그림자들이 많아졌다. 갚아야 할 빚은 눈덩이처럼 점점 불어났다.

10억쯤으로.

이광훈은 내게 요구한 15억 중에서 10억을 빚 갚는 데 쓴 다음 나머지 5억으로 새 삶을 꾸려 나갈 계획이었다. 그 정도로는 여전히 중산층에 다다를 수 없겠지만, 그래도 개미굴 극빈층에서 벗어나 괜찮은 동네에서 살 수 있을 거라는 무지개색 꿈을 그렸다. 그들이 나로서는 좀체 모습이 그려지지 않는 단칸방에서 그런 꿈을 꾸었다니 살짝 미안하다는 생각이 들었다. 내가 그 돈을 주지 않아서 초영은 나를 원망했었다고 했다. 초영의 블랙리스트에 아빠, 엄마 다음으로 이름을 올린 사람이 나였다고.

이광훈에게는 새 삶을 위해 꼭 15억이 필요했다. 15억을 만들어 줄 가망성이 있는 존재인 초영이 하루만 보이지 않아도 난리를 쳐 댔다. 그랬던 사람에게서 연락이 없으니 바라던 바가 이루어졌다고 생각했단다. 나는 초영의 등을 토닥이며 말을 골랐다.

"너는 아무 죄도 없어. 넌 학대당하고 있었잖아."

"언니도 그랬죠?"

초영의 물음에 금방 체증을 느꼈다. 초영은 부모가 죽음에 이른 자세한 경위를 묻지 않았다. 빚이 대물림되는지만 물었고, 나는 아니라고 대답해 주었다. 장례식 비용은 내가 전부 부담했다.

"언니, 같이 가 주긴 어렵겠죠? 장례식 무서워요. 언니도 그래서 아버지 장례식에 안 간 거죠?"

와삭와삭. 초영은 야채튀김을 씹으며 나의 골똘한 생각을 방해했다.

"난 너와 달라."

수영을 하다 지쳤는지 물기를 떨어트리며 석영이 데크로 걸어왔다. 햇볕에 그을린 피부가 벌겋게 달아올라 있었다. 혹시 오일이 필요하냐고 초영이 명랑하게 물었다. 석영은 있으면 좋겠어, 하며 초영을 자연스럽게 부렸다. 초영이 실내로 들어가는

STAGE. 2

것을 확인한 석영은 옆 벤치에 앉아 손에 묻은 물방울을 장난스럽게 내 얼굴에 튀겼다.

우리가 이럴 사이는 아니지 않나.

"쟤는 언제 내보낼 거야? 불편해 죽겠다. 일부러 그러는 거지? 나 반성하라고. 이제 그만하면 됐어."

나는 그가 튀긴 물방울을 닦아 내며 손거울을 보았다. 거울 뒤쪽, 실내에서 서성거리는 초영의 다리가 언뜻 반사되어 비쳤다. 어디든 기웃거리는 못된 취미를 가진 꼬맹이. 혹시 손에 칼이라도 쥐었을까, 오늘이 그날일까. 나는 뒤를 돌아보았다. 초영은 이쪽을 향했던 시선을 얼른 거두고, 오일을 찾는 시늉을 했다. 내 팔을 쓰다듬으며 석영은 미소를 지었다. 내가 참 좋아한 얼굴. 지랄 맞은 고선에게 나 대신 시달리고 나에게 여러 번 내쫓기면서도 끝내 인내심을 잃지 않던, 차분해서 좋았던 남자. 그의 가지런한 치아, 늘 웃는 것처럼 보이게 하는 올라간 입꼬리. 당신이 사랑한다고 말하면 금방 울음보가 터질 것처럼 가슴이 시려 왔었지. 당신이란 기적을 잃을까 봐.

"왜 그래?"

석영의 손길이 내 뺨으로 다가왔다. 나는 또 눈물을 흘렸다. 쓸데없는 눈물!

"눈이 건조해서. 자기, 초영이는 안 가."

"다미야. 너 애한테 집착하지 마. 왜 그러는 걸까, 우리 표범이가…. 설마 내가 저딴 기집애랑 바람이라도 피울까 봐 그래?"

"아니. 초영이 부모가 죽었대."

"그래서?"

내 남편이 어쩜 이렇게 냉혈한이 되었지.

"우리가 부모가 되어 주면 어떨까 싶어서."

문고리가 돌아가는 소리가 들렸고, 초영이 걸어왔다. 타이밍 한번 기가 막혀.

"그게 무슨 미친 소리야?"

석영의 유리구슬 같은 눈알이 재빠르게 굴러갔다. 그는 초영이 가까이 다가오자, 어떤 포지션을 취할지 고민하다 자리를 뜨기로 결정한 것 같았다. 초영이 건네는 오일을 받지 않고, 벌떡 일어나 쿵쿵거리며 집 안으로 들어갔다.

"저 때문이에요?"

역시 눈치 빠른 꼬맹이.

"아저씨 눈에 안 띄게 다닐까요?"

나는 입고 있던 얇은 슬리브리스를 벗었다. 엎드려 누워 브래지어 끈을 풀었다. 이왕 가져온 오일은 내게 발라 달라는 뜻으로.

STAGE. 2

"초영아. 내 딸로 정말 여기서 살 수 있어?"

내 말에 찌익, 초영이 짠 오일이 허공을 향해 튀었다. 곁눈으로 초영의 표정을 살폈다. 뚱하게 튀어나온 초영의 입매가 실룩거렸다. 어때, 초코페. 선택권을 하나 더 얻은 기분이? 나는 이 게임에 과녁이 아니라, 플레이어로 참여하고 싶었다.

초코페/이초영

각종 군것질 노점상들이 들어선 중앙로를 걸으면서 아이스크림을 하나 샀다. 우거진 관목 사이에 앉아 들쩍지근한 초콜릿 맛을 음미했다. 이거 다 먹은 다음엔 팝콘을 사 먹어야지. 집에 들어가기 전에 실컷 군것질을 할 참이었다. 다미 부부는 설탕과 액상과당에는 인색했다. 사실 모든 것에 인색했다.

미로의 숲은 퍼랭을 찾겠다고 몰려든 유저들로 인산인해를 이루었다. 만약 다미나 석영이 구미가 당기는 제안을 하지 않았다면 나 역시 눈에 불을 켜고 미로 속을 헤맸겠지만, 이제는 나와 상관없는 일이었다. 퍼랭 따위. 나의 두 손바닥 위에는 훨씬 더 좋은 것이 있다. 나는 그것들을 저울질할 때마다 마음이 싱숭생숭해지고 자꾸 입이 찢어졌다. 두말할 것 없이 다미에게 마음이 기울었다. 입양이라니! 하늘에 계신 아빠, 엄마 감사합니다.

STAGE. 2

석영이 어리석은 계획을 세워 우리 사이를 방해하지만 않으면 좋겠다. 숲으로 오니 머릿속이 상쾌해졌다. 경훈은 약속 장소에 자주 보던 친구 둘을 더 데리고 왔다. 미로에서 헤맸는지 씩씩거리는 경훈에게서 진한 땀 냄새가 풍겼다. 그러게 내가 밀림에서 보자니까. 굳이 이쪽으로 오겠다고 부린 고집에 핀잔을 줬다. 경훈은 나를 이리저리 보더니 한 마디 했다.

"너 이 새끼 이뻐졌다?"

나는 웃음을 참으려고 노력했지만 역시 잘 안됐다. 요즘 나는 구질구질한 초영보다 산뜻한 초코페에 가까웠다. 시도 때도 없이 웃음보가 터졌다.

"야. 차는?"

경훈은 의뢰받은 교통사고를 처리한 이후부터, 내게 스포츠카를 맡겨 둔 사람처럼 노래를 불렀다.

"없지."

"왜 당당하지?"

나는 핸드폰을 꺼내 얼마 전에 다미가 전자서명한 입양 신청서를 보여 줬다. 오! 경훈과 함께 온 두 남자애들이 우리를 에워싸고 신청서를 바라보며 신기해했다. 물론, 석영은 바쁘다는 핑계로 아직 서명을 하지 않았다. 하지만 어차피 하게 될 거다. 내가 그렇게 만들 테니까.

경훈이 키 큰 나무들 사이로 언뜻 보이는 하얀 성을 가리켰다. 우리 집이었다.

"저 집 딸이 된다는 말이지? 언제 우리 좀 초대해 주라. 오늘도 괜찮고."

당연히 거지들을 집으로 들일 수는 없었다. 내 체면이 있지.

"오늘은 안 돼. 이따가 오후에 가정법원 입양 담당자가 집으로 온다고 했어. 엄마가 아주 바빠."
"그럼 퍼렝 힌트라도 알려 주라. 여기 땅 다 그 아줌마 거라며."
"퍼렝? 그딴 거 알 게 뭐야."

나는 어깨를 으쓱하며 정말 시시하다는 표정을 지었다. 집 없는 서민들을 위한 연말 이벤트에 관심을 끈 지 오래됐다.

"재수 없네. 뒤치다꺼리 우리가 다 해 줬더니. 야, 너네 늙은이들 장례도 우리가 다 치른 거 알지?"
"돈 많이 남은 것도 알고 있어."

다미가 설득했지만 나는 끝내 신글동으로 가길 거부했다. 다미도 고선의 장례식에 참석하지 않았으면서 왜 내 부모의 장례식에는 그리 끈질기게 굴었는지 모르겠다. 입양이 확정될 때까지 이 집 밖으로 한 발자국도 나가지 않을 예정이다.

STAGE. 2

나는 다미가 장례를 치르라고 준 1억을 받고 깜짝 놀랐다. 계좌에 찍힌 숫자 '0'의 개수를 몇 번이고 다시 세었고 혹시 다미가 실수로 잘못 보낸 것이 아닌가 조심스럽게 떠보았다. 이 돈을 받아도 될지 모르겠어요. 내 말에 다미는 "많진 않지만, 모자라지도 않을 거야. 남는 돈은 조의금이라고 생각해 둬." 하고 미소를 보였다. 그런 다미를 사랑하지 않는 건 어려운 일이다. 보험사가 아니고서야 누가 장례비로 1억을 준단 말인가. 나는 그 돈의 일부만 남겨 놓고, 나머지를 전부 경훈에게 건넸다. 그가 원하는 스포츠카는 못 사더라도 웬만한 국산 전기차는 살 수 있는 돈이 남았을 텐데…. 아직도 스포츠카 타령이다.

묻지 않았지만 내가 건넨 돈을 어디에 썼을지 뻔했다. 그러니까 네가 아직도 개미굴에서 개미처럼 사는 거야. 땅굴에서 빛 한 줄기 보지 못하고.

"그건 장례 비용이었지. 나머진 내 수고비였고. 스포츠카는 아직 못 받았는데."

"양아치처럼 굴 거야? 황금알 낳는 거위 배 가르는 동화 마지막이 어떻게 됐더라."

"어떻게 됐는지 알려 줘라. 우리가 무식해서 말이야. 그리고 너 밀림에서 무슨 일이 있었던 거야? NPC가 됐던데, 아바타 팔았나? 아예 안 하게? 밀림 안 하고 뭐 하면서 살려고."

"그게 무슨 소리야?"

나는 멍청히 되물었다. 내가 아바타를 왜 팔아? 인기 많은 아바타의 경우 높은 게임 머니를 받고 파는 경우가 있다고 들었다. 하지만 초코페는 D랜드에서 사귄 친구들이 많은 정도였지 결코 인기가 많지 않았다. 게다가 수중에 들어온 돈도 없다. 내 허락도 없이 누군가 밀림에서 마음대로 처리했다는 소린가.

"해킹당했냐? 마지막으로 접속한 게 언제야?"

경훈의 물음에 나는 기억을 더듬었다. 마지막으로 접속한 건 석영이 다미를 죽이겠다는 미친 소리를 하던 날이었다. 이후로 다미가 입양 얘기를 꺼내는 바람에 들떠서 밀림 생각은 한동안 하지 않았다. 비행 청소년에게 밀림은 급전을 땡길 때 가장 좋은 수입원이었다. 어리숙한 유저들에게 사기를 치거나 B스팟을 칵테일로 만들어 불법 거래했다. 당장 신분 상승을 앞둔 내가 밀림을 못 한다 한들 별문제는 없었다. 그런데 누가 멋대로 내 아바타를 NPC로 만들었지? 매번 화난 얼굴로 나를 노려보는 석영의 얼굴이 떠올랐다. 밀림에서 일을 하는 개발자이자, 나를 눈엣가시처럼 여기는 사람.

그 지점에 생각이 미친 나는 빨리 스포츠카를 사주지 않으면 가만 안 두겠다는 경훈의 협박을 흘려넘겼다. 나는 스포츠카를 사 주는 대신 퍼랭의 위치를 알려 주겠다고 다시 거짓말을 했다. 이번 이

STAGE. 2

벤트의 주인공은 우리 엄마라고, 엄마가 평생 살아온 정원에서 벌어지는 일이니 식은 죽 먹기라고 했다. 100% 거짓말이라곤 할 수 없다. 어쨌든 경훈은 은근히 순진한 구석이 있어서 홀랑 넘어갔다.

"그래, 퍼렝의 위치를 알아 와. 우리도 한 번쯤은 멋진 곳에서 살고 싶어."

나는 치매에 걸려 매번 같은 소리를 반복하는 엄마와 살고 있는 경훈의 단칸방을 떠올렸다. 아이들이 둥글게 모여 깡소주를 마시며 낄낄대던 곰팡이 가득한 방을.

"아직 연말까지는 시간 있잖아. 그전에 내 아바타가 어떻게 된 건지부터 알아봐야겠어."
"연락 좀 잘 받아. 안 그러면 쳐들어간다."

고다미의 집은 쳐들어오고 싶다고 해서 쳐들어올 수 있는 곳이 아니었지만 물정 모르는 애한테 일일이 설명할 필요를 느끼지 못해 겁을 집어먹은 척했다. 미래에 양아치가 될 애들이 손을 흔들며 한 마디씩 으름장을 놓고 갔다. 그들과 헤어지고 얼른 밀림에 접속하려 했지만, 역시나 내 아이디를 넣으니 없는 회원이라는 메시지가 나왔다.

김석영. 쫌팽이 새끼. 사람 죽이는 게 쉬운 줄 아나.

갑자기 누군가가 소리를 질렀다. 퍼렝 조각을 찾은 듯했다. 퍼렝을 찾기 위해 눈에 불을 켜고 관찰하던 유저들이 일시에 소리가 나는 쪽으로 몰렸다. 나는 밀림에 접속할 수 없어 퍼랭의 실체를 확인할 수도 없었다. 첫 번째 퍼랭을 놓쳐 안타까워하는 여자에게 다가가 퍼랭이 나오는 밀림 화면을 보여 달라고 부탁했다. 너른 잔디밭 사이에 파인 손바닥만 한 작은 구덩이 속에서 퍼랭이 파란 불빛을 내며 반짝였다. 경훈에게 한 거짓말이 참말이 되었다. 나는 퍼랭의 위치를 전부 알 것 같다는 생각이 들었다. 다미의 작업실에서 매일 보던 그림이 떠올랐다. 〈수수께끼〉.

발에 모터라도 달린 것처럼 작업실을 향해 뛰었다. 주홍빛의 노을이 우뚝 솟아오른 고다미의 집을 덮치고 있었다. 석영과 다미는 집 안에 있는지 보이지 않았다. 작업실 문을 열자, 간접조명 아래 내가 찾던 그림이 보였다. 머릿속에 남아 있는 모습만으로도 충분히 그래 보였는데, 다시 보니까 훨씬 더 자세한 도면이었다. 미로의 숲을 위에서 내려다본 지도라고 할까. 마구 일그러진 선과 거친 색감으로 구성되어 있어 다미가 내키는 대로 그린 추상화 같았지만, 그건 분명 미로의 숲이었다.

심심풀이로 퍼랭이나 찾을까 하여 하루에 한 번씩 꼭 들렀던 미로의 숲은 내 놀이터나 마찬가지였다. 그림 속 총 다섯 개의 푸른 보석, 다섯 개의 퍼랭 조각. 나이스!

STAGE. 2

휴대폰으로 〈수수께끼〉를 찍었다. 저작권 침해의 소지가 있다는 경고 메시지가 뜨더니 핸드폰에는 그림 대신 까만 화면만 남았다. 알람이 다미에게 갔는지, 2층 테라스 문이 열리는 소리가 들렸다. 망했다. 곧바로 핸드폰이 시끄럽게 울렸다. 다미였다. 둥둥 뛰는 내 맥박 소리와는 다르게 다미의 목소리는 평온했다. 1층에 손님이 와 계시니 본채로 오라고 했다. 휴, 다행이다. 나는 작업실의 문을 닫고, 말린 어깨를 폈다. 그래. 퍼랭은 나하고 상관없어.

2층 테라스의 문을 연 사람은 석영이었다. 그는 벤치에 앉아 담배를 피우며 시간을 때우고 있었다. 그의 연한 갈색 눈이 내 쪽을 감시하듯 내려다봤다. 나는 그를 퇴치하는 법을 알았다. 양손을 흔들며 정답게 초코페식 인사를 하면, 기겁을 하며 눈앞에서 사라지곤 했다. 그런데 이번에는 내 필살기에도 별 반응이 없었다. 그저 나를 지켜볼 뿐이었다. 핸드폰으로 뭔가를 쓰는 것 같더니 곧바로 내게 문자가 도착했다.

'다미가 다 아는 것 같아.'

다미가 다 안다 해도 이런 문자를 나한테 보내면 안 되지. 물귀신 작전도 아니고.

석영과 거리 두기를 해야 했다. 아내를 죽이겠다는 패기는 다 어디로 가고 초저녁부터 약이라도 했는지 아주 동태 눈깔이었다.

'뭘요?' 내 답장에 석영은 대꾸하지 않았다.

손님이라는 여자는 천장 중앙에서 길게 내려온 특이한 모양의 대형 펜던트 조명등에 마음을 뺏긴 모양이었다. 다미는 커피 잔을 받친 접시를 들고 뒤에 서서 여자가 구경을 마치길 얌전히 기다렸다. 다미는 나를 보고 조용히 웃었는데 정말 엄마처럼 포근해 보이는 미소였다. 방금 작업실에서 그림을 몰래 보고 온 게 찔렸다. 내 인기척에 비로소 고개를 돌린 여자가 의심 많은 눈으로 나를 훑어봤다. 잘못한 것도 없는데 잘못한 기분이 들었다.

여자는 핏줄이 불거져 나온 마른 손을 내밀며 악수를 청했다. 차가운 기운이 손가락 끝에 전해졌다. 여자는 H시 가정법원에서 나온 입양 담당자이며 이름은 장민영이라고 했다. 나는 어색하게 웃었다. 민영은 다미가 자리를 피해 줬으면 한다고 말했고 나에게 몇 가지 질문을 하겠다고 했다. 민영과 나는 손님방으로 자리를 옮겼다. 민영은 집이 참 비현실적으로 넓고 그래서 무섭다고 했다. 혼잣말인 줄 알고 가만히 있자, 내게 무언의 동의를 구하는 눈빛을 보내왔다.

"제 원래 주소지를 보셨어요?"
"봤지."
"그럼 이 집이 저에게 하나도 무섭지 않고 오히려 다시 없을 축복이라는 것을 아실 거예요."

STAGE. 2

내 말에 동의하는 듯 민영은 고개를 끄덕였다.

"부모님이 돌아가신 지 얼마 안 됐지? 어떻게, 그동안 힘들지는 않았니?"

"별로요. 다미가 잘해 줬어요. 친엄마보다 더 자상하세요."

"어디가 그렇게 자상한데? 그러니까 어떤 식으로 너에게 잘해 줬는지 구체적으로 설명해 줄 수 있을까? 아주 사소한 거라도 괜찮아."

"다미는 친절하게 제 이야기를 들어 줘요. 따뜻한 말을 해 주고요. 부족한 게 있는지 자주 묻고요. 엄마로서 최고예요."

"음…. 그렇구나."

민영은 한참을 생각하다 핸드폰에 뭔가를 기입하는 것 같았다. 실시간으로 나를 평가라도 하는 것일까. 나는 초조해진 기분으로 손톱을 물어뜯었다. 얼마 전에 다미가 그러지 말라고 내 손톱에 곰돌이를 그려 줬는데 나는 또 뜯고 뜯다가 선홍색 핏기를 보고서야 그만두었다.

"스톡홀름증후군이라고 아니?"

민영의 물음에 나는 "스톡 뭐요?" 하고 되물었다. 민영이 쓴웃음을 지으며 고생했다고 말했다. 이번에는 다미와 단둘이 얘기를 하겠으니 다미를 불러 달라고 했다. 나는 다미에게 뛰어가서 스톡홀름증후군이 뭐냐고 물었다. 다미의 표정이 좋지 않

160 · 161

은 것으로 봐서 좋은 뜻은 아닌가 보다. 다미가 손님방으로 떠난 뒤 스톡홀름증후군에 대해 찾아봤다. 살기 위해 내 목숨을 쥐락펴락하는 범인에게 마음을 뺏기는 포로의 심리 상태를 지칭하는 말이었다. 친아빠가 석영을 고발한 전적이 있어서 그런 평가를 내린 것 같았다. 아닌데. 정말 그게 아닌데. 얘기가 길어지는 것 같아 나는 참지 못하고 손님방으로 뛰어갔다.

"… 내가 책임져야 해요. 내가 만든 내 아이예요!"

큰소리를 내는 다미가 낯설게 느껴졌다. 매달리는 쪽은 난 줄 알았는데 다미 역시 나와 똑같은 마음이라는 것에 눈물이 나올 뻔했다. 예고 없이 문이 열렸고 민영이 졌다는 듯 고개를 흔들며 밖으로 나왔다. 또각또각 민영의 구두 소리가 멈췄고 민영이 내게 한마디 했다.

"축하한다. 심사에는 통과됐어."
"고맙습니다. 그리고 저는 포로 아니에요. 우리는 운명이에요."

민영은 창밖의 수평선을 바라보며 말했다.

"여긴 너 같은 애들이 살기 좋은 곳이 아냐."

나는 입양 담당자의 노파심에서 나온 말을 한 귀로 듣고 흘렸다. 손님방으로 뛰어 들어가 왠지 지

STAGE. 2

쳐 보이는 다미를 꼭 안았다. 다미가 내 정수리에 코를 파묻었다. 킁킁거리며 야생의 들개처럼 냄새를 맡았다. 내가 왜 이러냐고 몸을 떼려 하자, 이제 엄만데 뭐 어떠냐고 웃었다. 다미의 말이 맞았다. 엄마. 내 엄마였다. 엄마가 내 정수리에서 나는 바깥의 바람 냄새를 맡도록 내버려 두었다. 킥 웃음이 터졌고 아무래도 부끄러운 마음이 들어 엄마의 겨드랑이를 간지럼 태웠다. 하지 말라며 엄마는 몸을 배배 꼬았다. 우리는 함께 양탄자가 깔린 바닥을 구르며 마음껏 웃었다. 희미하게 문이 닫히는 소리가 들렸다. 방해꾼이 나가는 소리였다. 나는 엄마에게 위험 신호를 보내고 싶었다.

"엄마. 평생 아저씨랑 살 건 아니죠? 아저씨가 퍼랭에 미쳐 있었던 거 알아요? 저랑 살 때 날마다 퍼랭 얘기를 했어요. 왜겠어요? 언제든지 준비만 되면 엄마를 떠날 거예요."

다미는 내 코를 꽉 쥐어 잡더니 학생부 선생님처럼 양쪽으로 흔들었다. 그리고 밤하늘보다 어두운 두 눈동자가 나를 담았다.

"아저씨는 나를 못 떠나. 그리고 이제부터 아빠라고 부르렴."

아빠는 무슨. 최근 들어 석영은 나를 초영이 아닌 초코페라고 부르기 시작했다. 술에 취해서는 "초코페!" 하고 사납게 불러 댔다. 아마 다미도 분명 들었을 것이다. 막상 그에게 가면, 석영은 글램업을 쓴 채 바닥에서 뒹굴고 있었다. B스팟에 중독된 상태였다. 다미는 걸리적거리는 석영을 치우지 않고 넘어 다녔다. 뒤처리는 내 몫이었다. 소파로 끌고 가 흘린 침을 닦아 주고 글램업을 빼 주었다. 다음 날이면 어김없이 석영은 기억 안 나는 척 유치하게 굴었다.

"이건 정말 무덤까지 가져가고 싶었는데. 엄마, 아저씨는 요즘에 밀림이랑 현실을 헷갈려 하는 것 같아요. 며칠 전에는 나한테 초코페라고 하면서 남편처럼 굴었어요."
"아니. 고다미를 죽이고 싶다고 했지. 그래서 너한테 도와 달라고 했잖아."

이거 설마, 입양아로 들이기 전에 부부가 판을 짜 놓고 나를 시험에 들게 하는 것인가.

그게 아니라면 살해 음모를 알고도 날 입양한 다미의 속내를 설명할 수 없었다. 혹시 가상에서 남편과 살림을 차린 내게 복수하기 위해…?

"초코페 없앤 거 엄마예요?"

사실 확인.

"응."
"왜요?"
"너한테 필요 없어."

STAGE. 2

곧바로 민영의 목소리가 귓전을 때렸다. 스톡홀름증후군이라고 아니? 나의 부모가 죽었고, 내 밀림 아바타가 NPC로 변하는 바람에 메타 세계의 친구들이 일시에 사라졌다는 것, 경훈이 패거리를 제외하고 나와 연결된 사람은 이제 아무도 없다는 사실을 깨달았다. 정신 차려 보니 내가 의지할 인간이라고는 마약중독자 김석영과 속을 알 수 없는 히키코모리 고다미가 전부였다.

갑자기 나는 다미가 싫어졌다.

STAGE.3

김석영/파르렛

스크린에서는 지난 한 달간의 내 악행이 고스란히 재생되고 있었다. 내가 고압 전류가 흐르는 최신형 삼지창으로 여자의 배를 난도질하는 장면이 나오자 여기저기서 탄식이 이어졌다. 더는 보지 못하겠다는 듯 조 부장은 구역질을 하며 밖으로 나갔다. 중앙 상석에 앉은 김 이사가 재생을 정지시켰다. 화면 속 파르렛은 피범벅이 된 얼굴로 웃고 있었다.

"더 할 말 있습니까?"
"아니요."
"메타버스 내에서 살인, 강간, 살인미수를 행하여 다른 이의 존엄성을 해한 자는 밀림 서비스 이용 규칙 제1조 1항을 위반한 것이기에 회사의 품위를 심각하게 훼손하였다고 판단하는 바, 징계위원회의 결정에 따라 해당 행위를 저지른 아바타의 서비스 이용을 영구 정지하고 해당 직원 김석영을 해고 처리합니다."

할 말을 마친 김 이사를 필두로 징계위원회 위원들은 하나둘 회의장을 빠져나갔다. 한때 나와 퇴근 후 술잔을 기울였던 오 차장은 이참에 싹 직원들의 비공개 계정을 털어 봐야 한다고 주장했다. 회의실에 혼자 남아 호리병에 담아 둔 B스팟을 마셨다. 어지러운 기분을 느끼기도 전에 접속이 끊어졌다. 밀림에서 영구 정지를 당한 것도 모자라, 일자리까지 잃었다.

한 침대 옆자리에서 무방비 상태로 곤히 잠든 다미를 죽이지 못해 이 사달이 벌어졌다. 나는 밀림에서 우연히 걸린 사람들을 상대로 시뮬레이션을 돌렸다. 이벤트 때 가끔 사용되는 각종 무기로 상대를 죽였다. 처음에는 초코페처럼 가상 성매매로 용돈벌이를 하려는 중학생 느낌이 나는 여자를 죽였다. 여자가 긴급 버튼을 눌러 폴리스를 부르려는 찰나 심장에 용의 검을 관통시켰다. 이렇게 죽이면 돼. 어렵지 않아.

다음 날, 현실로 돌아와 오만한 다미의 눈동자에 쪼그라들었고 다시 밀림에 접속해 살인을 했다. 몇 명을 죽였는지 모르겠다. 다섯 명? 여섯 명? 그게 뭐가 중요해. 어차피 다 진짜 사람이 아니니까, 죄책감 같은 건 없었다.

델피늄이 찾아오기 전까지는.

초코페와 함께 만든 집은 파괴되었기 때문에 밀림에서 기본적으로 제공하는 지붕만 겨우 있는 단칸방이 나의 임시 거처였다. 나는 전날 만난 두 명의 여자와 폭음을 한 뒤 침대에 뻗어 있었다. 델피늄은 집 안의 유일한 가구인 나무 의자에 앉아 있었다. 내가 깨길 기다리는 눈치였지만 나는 깰 수 없었다. 양손과 머리카락은 끈적이는 액체로 축축했고 진한 피비린내가 진동했다. 내가 또 간밤에 그녀들을 죽였다는 것을 직감했다.

폴리스를 부른 건 델피늄이었다. 가상 오피스 밀리머에도 몇 주 전부터 나의 이상행동이 포착되었을 것이다. 내가 고다미의 남편이라는 이유로 눈감아 줬겠지. 하지만 신고자가 고다미인 이상 나는 끝장난 거나 마찬가지였다.

"당신이 이렇게 된 게 슬퍼."

델피늄은 그 말을 마지막으로 남기고 사라졌다. 슬프긴. 나쁜 년. 끝까지 위선 떠는 년. 나는 내 양옆을 차지하고 누운 여자들의 시체를 보며 울음을 터뜨렸다. 이건 실제가 아니잖아. 단순히 살인 연습이었다고. 이들이 진짜로 죽은 게 아니잖아. 왜 나를 쓰레기 취급해. 고다미 너는 현실에서 천천히 나를 말려 죽였잖아…. 독한 외로움이 몰려와 몸이 떨렸다. 괴물. 내가 괴물이 되었다. 그들을 죽이면서 나도 죽었다. 이건 타살이 아니라 자살이었다.

이제 와 생각하건대, 우리가 불행해진 원인은 결혼이 아닐까. 때가 되었다.

다미의 리볼버를 훔쳐 바지 뒤춤에 꽂고 다녔다. 다미와 초코페가 한패가 된 이후, 그들을 마주치기가 어려워졌다. 철저히 왕따를 시키기로 작정한 듯했다. 나는 식당에 내려가 얼음을 꺼내 와그작와그작 씹어 댔다. 지끈거리는 머리통에 대고 정신 바짝 차리라고 말하기 위해서.

정오를 지나 대낮이었다. 또 작업실에서 둘이 작당 모의를 하는 모양이었다. 나는 바지 뒤춤에 꽂아 뒀던 묵직한 총을 꺼내 작업실 앞에 섰다. 다미가 내 출입을 금한 그곳. 부수고야 말 거다.

탕탕탕 탕.

철옹성 같던 문은 퍽, 소리를 내며 쉽게 부서졌다. 마음만 먹으면 이딴 문짝 부수는 건 일도 아니었다. 내가 봐준 거였다. 안쪽에서 짧은 비명 소리가 들렸다. 너덜거리는 문을 발로 찼다. 마치 서부 영화의 악당이 된 기분이었다.

"무슨 짓이야?"

탁자 밑에 몸을 숨겼던 다미가 일어서며 물었다. 초코페와 손을 꽉 잡은 채 말이다.

내가 없는 사이에 둘이 눈이라도 맞았나, 다미의 두 눈동자가 촉촉해져 있었다. 벌겋게 상기된 얼굴. 울고 있었나 보다. 울고 싶은 건 나다. 테이블 위에는 바닥을 드러낸 찻잔이 놓여 있었다.

"뭐냐고. 내 총은 또 언제 훔쳤어?"

또라니. 또, 또, 또!

"도둑놈 취급하지 마. 우린 부부야."
"지금 당신 꼴을 좀 봐, 나한테 총이라도 쏠 생각이야? 가상 살인 가지고는 성에 안 차? 당신 너무 무서워. 방금까지 당신 얘길 하고 있었어. 초영이가 당신이 너무 무섭대."

나는 내 손에 들린 총을 멍청히 바라보았다. 눈물 자국을 지운 다미는 어느새 단호하고 냉정해져 있었다. 총을 바지 뒤춤에 다시 꽂았다. 공격할 생각은 전혀 없었다는 듯 두 팔을 펴 허공에서 가볍게 흔들었다.

"내가 당신을 왜 쏴. 서운해서 그랬어. 초코페. 내가 뭘 어쨌다고, 내가 무서워? 대답해."

그때 나는 다미의 등 뒤에 숨어서 픽 웃는 초코페를 봤다. 왜 웃는 거지? 내가 웃기게 생겼어? 어?!

STAGE. 3

"나가. 여긴 내 구역이야."

"씨팔, 니 구역 내 구역이 어딨어? 고다미. 날 투명 인간 취급할 셈이야? 저딴 계집애가 평생 네 수발이나 들면서 살 거 같아?"

"얠 불러들인 건 내가 아니라 당신이야. 당신 지금 제정신이 아니야. 이러면 경찰을 부를 수밖에 없어. 밤에 얘기해."

다미가 어린애를 달래듯 한층 누그러진 말투로 타일렀다. 그럼에도 내게 내뿜는 적대감은 이루 말할 수 없이 차가웠다. 우리가 왜 이렇게 된 거지…. 그녀 말대로 내가 잘못한 것 같다. 처음부터 초코페 따위를 만나는 게, 아니 밀림에서 플레이를 하는 게 아니었다. 다미에게 거머리처럼 달라붙어 피를 빨아먹는 년. 그 작은 년은 내가 혼란에 빠진 틈을 타 바닥에 떨어진 휴대폰을 가져가려고 잽싸게 움직였다. 나는 주저 없이 뒤춤에 꽂아 둔 총을 다시 뽑아 초코페를 겨눴다.

한 발 남았다.

"어… 아… 파르렛. 아니 아빠…?"

잔뜩 겁먹은 표정으로 초코페는 슬금슬금 물러났다. 갑자기 오한이 드는지 몸을 떨며 초코페가 이어 말했다.

"어, 엄마는 살려 줘요. 다미는 당신한테 죽으면

안 돼. 나는 죽어도 돼요. 어차피 쓰레기 같은 인
생이었는데요, 뭘….”

“하….”

너무 웃겨서 하마터면 총을 떨어트릴 뻔했다. 초
코페의 연극에 다미는 깊이 감동한 듯 또다시 눈물
바람이었다. 두 사람 정말 사랑하기라도 하는 거
야? 진짜 코미디네.

“엄마는 무슨 엄마. 네 부모를 죽인 여자가 바로
저 여자야. 합의금 주기 싫어서 얼마나 괴롭힌
줄 알아? 괜히 너 같은 걸 입양했을까. 순전히 자
기의 죄책감 때문에 그런 거야.”

“헛소리하지 마! 당신 머리가 돈 거 아냐? 정신
병원이라도 들어가. 나 좀 괴롭히지 말고.”

다미가 끼어들었다. 다미는 당장 내게 달려와 내
입을 틀어막고 싶다는 얼굴이었다. 동시에 내가 자
신이 저지른 일을 알고 있다는 것에 대해 놀란 눈
치였다. 그에 반해 초코페의 표정은 평온했다.

“그거라면 이미 알고 있어요. 난 그렇게밖에 할
수 없었던 엄마를 이해해요.”

대체 뭘 이해한다는 거지? 나만큼 다미도 놀란
얼굴로 초코페를 바라봤다.

“너 지금 네가 뭐라고 지껄이는지 알고 떠드는
거야? 고다미가 니네 부모를 죽였다고!”

STAGE. 3

"안다구요. 날 쏴요, 파르렛. 난 오래전부터 죽고 싶었어."

내가 어떻게 꼬맹이를 쏠 수 있을까. 현실과 가상은 엄연히 다르다. 그건 그저 게임이었지.

내가 갈등하는 사이, 초코페의 앞을 막아선 건 다미였다. 다미에게 그런 표정이 숨어 있을 줄은 몰랐다. 그녀에게도 모성애라는 빌어먹을 것이 있었나 보다. 결연히 두 팔을 펼친 채 초코페 앞을 막아섰다. 그녀의 얼굴에는 범접할 수 없는 위엄이 서려 있었다.

"내 딸 건드리지 마. 총 내려놓고 나가. 경찰에 알리지 않을게. 돈이라면, 원하는 대로 줄 수 있어. 그러니까 조용히 꺼져."

다미는 다시 나를 도둑 취급했다. 내 두 손에 들린 총의 총구는 정확한 표적을 찾지 못한 채 이리저리 방황했다. 고다미와 초코페 둘 다 내가 쏘지 못할 것을 확신하는 눈빛을 보냈다. 두 사람은 말없이 시선을 주고받더니 동시에 나를 향해 달려들었다.

우왁! 비명을 지르고 뒷걸음질 치며 달아났다. 그들에게 잡혀 내 영혼마저 잡아먹히기 전에. 어떻게 고다미의 집을 빠져나왔는지 잘 기억이 나지 않는다. 집 밖으로 나와 차를 타고 4차선 도로를 질주할 때 맞은편에서 사이렌을 울리며 가는 두 대의 경찰차와 구급차를 봤다. 그들이 유턴해 나를 쫓아올까 봐 최대 속도를 냈다.

갓길에 아무렇게나 차를 대고, 모텔 옆에 위치한 편의점에 들러 와인 두 병을 샀다. 모텔로 들어서니 휴대폰으로 뉴스를 보던 모텔 주인이 나를 힐끔 쳐다봤다.

"맨날 그렇게 쫓겨나서야 되겠어요. 거참. 요즘 여자들 무섭다니까. 이렇게 잘생기고 훌륭한 서방을 못 잡아먹어서 안달이야."

"…"

"혹시 바람피웠어요?"

모텔 주인의 은근한 물음에 주먹을 날렸다. 아이고야. 주인은 코를 잡으며 그대로 뒤로 나뒹굴었다. 아드레날린이 폭발해 그의 멱살을 잡아 쥐고 흔들어 머리통을 깨고 싶어졌다. 아냐. 이건 게임이 아니지. 나는 그의 왼손에 있던 카드 키를 빼앗아 엘리베이터를 탔다.

늘 묵는 방은 밀림 전용 방이라서 다른 객실보다 넓은 스크린이 설치되어 있었다. 한쪽에는 공용 글램업과 바디 슈트가 밀봉되어 있었다. 한참 초코폐와 신혼 재미에 빠져 있을 때, 집에 가지 않고 여기서 밤새 게임을 돌렸었다. 잠이 들락 말락 한 상태가 된 초코폐가 잠긴 목소리로 그만 자자고 먼

STAGE. 3

저 눈을 감으면, 그 옆에서 초코페의 잠든 얼굴을 지켜봤다. 조그만 콧등을 살짝 건드리고, 눈꺼풀을 들어 올려 바람을 후후 불었다. 그래도 초코페는 세상모르게 단잠을 잤다. 우리 세계는 너무 완벽해서 걱정거리가 하나도 없다는 듯이.

나는 습관처럼 밀림을 켰다. 계정 이용이 정지되어 있어 게스트로 입장했다. "안녕!" 초코페가 화면 중앙에 나타나 게임 룰을 설명했다. 다미는 내 보금자리를 폭파하는 것도 모자라, 초코페를 수많은 떠돌이 NPC 중의 하나로 전락시켰다. 초코페는 나를 전혀 모르는 사람처럼 다가와 한가하게 날씨 걱정을 하고, 기계적으로 웃었다.

"나는 초코페야. 우리 어디서 만난 적 있을까? 칵테일 마시러 갈래?"

명랑한 목소리는 내가 사랑한 초코페의 것이 아니었다.

"우리는 원래 사랑하던 사이였어. 초코페."

순진무구한 얼굴로, 전혀 모르겠다는 얼굴로 웃는 초코페. 분해서 나오는 눈물이 흘렀다. 어떻게 그 모든 것을 잊어버릴 수가 있니?

"우리 딸, 모닝스타 기억 안 나? 우리가 나눈 사랑으로 가득했던 행위들은? 나쁘다, 너."

나는 여전히 어리둥절해하는 초코페를 세게 안

왔다. 장점들이 모두 달아나 껍데기만 남은 그녀는
딱딱한 플라스틱 같았다.

초코페, 나는 너를 잃고 모든 것을 잃었다. 이제
현실에서도 가상에서도 초코페는 다른 형태로 변
해버렸다. 가겠다는 초코페를 붙잡고 아무 말이나
지껄였다. 사랑한다고. 나 좀 봐 달라고. 그전처럼
지내자고. 초코페는 질린다는 얼굴로 자꾸 날 떠나
려 했다. 더 이상 참을 수 없어진 나는 초코페의 목
을 졸랐다. 창백해진 초코페가 몸을 버둥거렸고,
밀림의 폴리스가 출동해 나를 말렸다. 경고를 하
고, 두 손을 결박했다. 그들의 오른쪽 허리춤에 꽂
힌 총이 실제 발사되면 어떤 느낌일지 궁금했다.

폴리스가 잠깐 내 팔을 풀어 줬을 때, 기회를 놓
치지 않고 총을 꺼내 들었다. 꽤나 묵직한 총의 총
구를 내 목구멍에 꽂아 넣었다. 방아쇠를 당겼다.

타앙! 가상의 총상이 이렇게 아프다니. 이게 말
이 돼?!

STAGE. 3

고다미

경찰이 현장에서 발견된 총을 보여 줬다. 스미스 웨건 사의 오래된 44구경 리볼버는 내 침대 아래 숨겨 뒀던 엄마의 유품이었다.

석영이 죽었구나. 영영.

형체를 알아볼 수 없게 망가진 석영의 얼굴에는 내가 사랑했던 조각이 남아 있지 않았다. 영안실에서 나오자 흐느끼던 그의 부모는 내 손을 잡고 제발 이 억울함을 풀어 달라 했다. 무슨 억울함이요? 석영과 똑같은 얼굴 윤곽을 가진 어머니는 자신의 아들이 인터넷 마약에 중독되었기에 이런 일이 생겼고, 모든 잘못은 밀림에 있다고 생각하는 모양이었다. 게다가 해고까지 당했으니 내가 아내로서 눈물로 호소하는 뉴스 인터뷰라도 해 주길 바라는 듯했다. 실상은 돈 때문에 아내를 죽이겠다는 계획을 갖고, 연습 삼아 아바타들을 연달아 죽인 연쇄 살인마에 지나지 않는데 말이다.

장례를 치르는 동안 초영은 묵묵하게 내 곁을 지켰다. 저건 어디서 굴러 들어온 돌이냐는, 시대의 차별과 눈총에도 반응하지 않았다. 그저 내 컨디션을 살피고 예의 없는 기자들의 출입을 막았다. 너는 괜찮니? 몇 번이나 초영에게 물어보고 싶었지만, 입이 떨어지지 않았다. 빨간색이 다 빠져 노란 염색 머리를 한 초영을 찾으면, 아주 금방 그 애는 나를 바라봤다. 초영의 레이더망은 빈틈없고 예민했다. 나를 쏘려는 석영에게 대신 자신을 쏘라고 말하던 초영의 목소리가 귓가에 오랫동안 맴돌았다.

장례를 끝내고 집에 돌아온 우리는 옷도 벗지 않고 침대에 쓰러졌다. 초영은 비로소 긴장이 풀렸는지 몇 분 지나지 않아 코를 골았다. 천둥 같은 코골이 소리에 혼자서 웃었다. 낮고 작은 코, 벌어진 작은 입, 어느덧 나는 이 애를 사랑하고 있었다.

창밖으로 빗소리가 들렸다. 아버지가 갔을 때도 이렇게 비가 내렸지. 이번엔 석영의 눈물일까. 겨울 초입에 들어서 추울 걸 알면서 나는 버릇을 고치지 못하고 바다로 향했다. 해가 떨어진 저녁의 검은 바다가 블랙홀처럼 나를 빨아들였다.

빨리 오라고 손을 흔드는 건 당신인가. 로브와

STAGE. 3

원피스를 벗어 던지고 속옷만 걸친 채 모래사장을 걸어갔다. 싸한 바닷바람에 잠시 걸음을 멈추고 돌아보았다. 초영이가 잠든 1층 침실의 은은한 조명이 이쪽을 비췄다. 그 조명 빛이 이상하게 위로가 되었다. 덜덜 떨리는 몸은 어서 집으로 돌아가라고 부채질했다. 나는 그 요구를 무시하고 뛰어가 팔다리에 물을 묻혔다. 풍덩 파도를 향해 몸을 날렸다.

하아 하아….

급하게 숨을 고르느라, 고통스러운 신음을 흘렸다. 밤바다는 너무 차고, 너무 무서웠다. 나는 실컷 울고 싶었나 보다. 그런데 입에서 나오는 건 악 소리뿐이었다.

고다미, 소리 낮춰.

고선의 목소리가 파도처럼 나를 덮치기 전, 있는 힘을 모아 아아아악 비명을 내질렀다. 후련할 것도 없었다. 그 후에 내 귀를 때리는 파도. 근원 없는 공포감. 남편마저 저주받은 고다미의 집에서 떠나갔다. 내 탓이야.

엄마. 나 무서워…. 엄마. 내가 정말 미안해.

나는, 바보 같은 엄마가 너무 싫었어. 평생 고선의 눈치를 보고 숨죽여 살던 엄마가 죽으면 나는 인정받을 줄 알았어. 행복해질 줄 알았어. 엄마가 잘못해서 내가 매번 혼나는 줄 알았어. 엄마 때문에 그런 줄 알았어…. 나는 다시 비명을 질렀다. 무섭증에 시달리는 외침이었다.

이제 용서해 줘. 나도 엄마처럼 모든 걸 다 잃었으니까.

사방이 어둠 천지였다. 자욱한 안개로 인해 시야가 가려졌다. 더 이상 어떤 생각도 할 수 없을 만큼 추위가 몰려왔다. 이제 나가야 할 때다. 팔다리로 헤엄쳐 수면 위로 나가려고 했지만 잘되지 않았다. 온몸이 얼어붙어 제자리 헤엄을 치게 될 뿐이었다. 비이성적인 공포감이 만들어 낸 석영의 얼굴 파편이 사방에 날아다녔다. 파도치는 수면 위에서 피에 젖은 석영의 눈동자가 나를 노려봤다. 몸부림을 치다 호흡을 놓쳤다. 나는 아래로 깊게 꺼지고 있었다. 마지막으로 내가 본 것은 모래사장에서 일부러 딴청을 피우던 열여섯의 나였다. 허우적거리는 엄마를 무시하는 나.

"엄마! 조끼를 집어요!"

침잠하던 기억에 금이 가더니 쩍 갈라지고 그 사이를 초영의 목소리가 파고들었다. 내가 다시 본 것은 겁 많고 이기적인 열여섯 고다미가 아니라, 초영이었다. 초영은 구명조끼를 입고 바다로 뛰어들었다. 나는 초영이 바다로 던진 조끼를 집으려고 애썼지만, 조끼는 검은 파도가 잡아먹어 사라졌다.

STAGE. 3

"가만 있어! 나랑 같이 나가요."

엉겁결에 물을 삼킨 초영의 목소리가 가깝게 들렸다. 내가 오지 말라고, 그대로 있으라고, 나갈 수 있다고 외쳤지만 초영에게는 들리지 않는 듯했다. 나 혼자만의 외침이었을 것이다. 빗줄기는 더 세지고 가시거리는 더 짧아졌다. 나는 울었다. 공포를 느꼈을 엄마가 가여워서 울었고, 평생 고선의 혐오를 받으며 죽어지냈던 내가 가여워서 울었고, 곧바로 내 팔을 잡은 초영의 손길에 안도하며 울었다. 가까이 다가온 초영이 나를 부둥켜안았다. 초영도 나만큼이나 울고 있었다.

붓을 마지막으로 잡은 게 언제인지 기억나지 않는다. 나는 초영을 맞은편에 두고 캔버스 앞에 앉았다. 머리를 검은색으로 염색한 초영은 내가 선물로 준 보헤미안 스타일의 니트를 입은 채 말괄량이처럼 웃음을 참고 있었다. 웃을 거면 웃고 아니면 웃지 마. 내 말에 초영은 금방 입을 막고, 진지한 표정을 지었다. 붓에 물감을 묻히고 농도를 조절한 뒤, 초영을 그리기 시작했다. 초영은 1인용 소파에 앉아 다리를 꼬고 있었는데 그게 불편한지 자꾸만 등이 뒤로 갔다. 내가 얕게 한숨을 쉬자, "미안해요. 엄마. 그림 좀 봐도 돼요?" 하면서 금세 엉덩이를 들썩거렸다.

나는 결국 초영에게 진다. 와서 보라고, 손짓을 하면 쪼르르 달려와 캔버스를 확인했다. 자기가 대단한 미술평론가라도 되는 양 진지한 얼굴이다.

"엄마. 우리 이상하게 되게 닮지 않았어요?"

초영과 내가 닮았을 리는 없다. 하지만 나는 기분 좋게 고개를 끄덕인다. 초영이 다시 소파에 가서 자세를 취했다. 이번에는 웃음기 없이 내가 빨리 작업을 마치길 바라는 얼굴이다.

"초영아. 그건 어떻게 알았어? 내가 고다미 아니고, 다른 다미였을 수 있다는 거."
"그 새끼 인터뷰집 훑어보면서 자연스럽게 알게 됐어요. 자기 자식한테 그렇게 말하는 부모는 없으니까."

캔버스 속 소녀는 초영보다 열여섯의 다미를 닮아 간다. 붓질이 빨라진다. 초영보다 내가 더 이 작업의 결과물을 갈망한다. 초영아. 네 비밀은 뭐니. 나와 같은 비밀을 간직했을까. 나는 더 묻지 않는다. 대신에 내가 다시 붓을 잡을 수 있다는 것에 감사했다. 뭐든지 할 수 있을 것 같은 기분이 들었다. 내 안에 처음으로 삶에 대한 집착이 생기는 것을 느낀다. 생동감이라고 해야 할까. 나는 초영에게 더 나은 것을 선물하고 싶다.

초영아. 우리 이사 가자. 파도 소리가 들리지 않는

STAGE. 3

곳으로. 초영이 씩 웃었다. 그때 폭죽 터지는 소리가 들렸다. 초영이 벌떡 일어나 밖으로 나갔다. 하늘에서 홀로그램으로 만든 빛의 퍼레이드가 이어졌다. 밀림 연말 이벤트의 우승자가 나왔다고 했다.

이초영

올해 우승자는 경훈이었다. 내가 퍼랭 조각의 위치를 알려 주었다. 비밀 유지의 대가로.

나는 유령 아이디로 밀림에 접속해 경훈을 만났다. 실제 경훈보다 훨씬 괜찮은 남자가 테이블 맞은편에 앉아 흡족한 미소를 지었다.

"널 위해서 이 공간을 통째로 빌렸어. 마음껏 즐겨. 매일 늙은 아줌마랑 갇혀 지내는 거 답답했을 거 아냐. 한 대 피울래?"

시가 통을 내밀며 경훈이 권했다. B스팟을 시가로 만든 것이었다. 나는 이제 B스팟을 보면 석영의 마지막 모습이 떠올랐다. 직원이 중독에 시달린 끝에 죽었어도 밀림은 B스팟을 포기하기 어려운 모양이었다. 여전히 쉽게 유통되었다. 나는 거절했다.

STAGE. 3

"대단해, 이초영. 마음 같아선 개미굴에 현수막이라도 달고 싶다. 너만큼 성공한 사람이 어딨냐. 네 뜻대로 부모도 없애고, 입양도 가고."

"내가 누굴 없애!"

나는 테이블을 탁 치며 발끈했다. 경훈은 잠시 잊었다며 건들거리는 태도로 미안, 미안 사과했다.

"없앤 사람은 내가 아니라 고다미였어."

"그 말이 맞긴 하지. 두 사람 존나 무서운 거 알지? 절대 말 안 해. 네가 부모를 죽여 달라고 나한테 사주한 거, 무덤까지 가져갈 거야."

경훈은 입을 지퍼로 닫는 시늉을 했다. 그래. 이게 다미에게 말하지 못한 나의 비밀이다. 경훈에게 스포츠카를 대가로 우리 부모를 죽여 달라 부탁했다. 경훈은 말로만 깡패지, 사실은 그런 짓을 할 위인이 못 됐다. 겁이 많아서 며칠째 소득 없이 내 부모의 뒤만 졸졸 쫓아다닐 뿐이었다.

사건이 터진 날 경훈에게서 다급한 영상통화 요청이 왔다. 교통사고가 났다고 했다. 반대 차선에서 갑자기 튀어나온 덤프트럭에 깔려 아빠의 오래된 승용차는 완전히 뒤집혔다고. 나는 정확한 사고 위치가 어딘지 주변에 뭐가 있는지 샅샅이 캐물었다. 사고 현장을 담은 화면 속에 나타난 에리카를 보고 이 모든 일의 배후에 다미가 있다는 것을 알았다.

슬펐는지 기뻤는지 분노했는지 기억이 안 난다.

다만, 다미와 내가 공통된 목적을 가지고 있었다는 것에 감전된 것처럼 전율했다. 내가 제대로 그녀를 알아본 것이다. 다미가 하지 않았으면 그 일을 내가 했을 테니까. 나는 개미굴에서 단 하루도 더 살고 싶지 않았다. 그곳에 머물렀다면 누구처럼 개죽음을 당하거나 누군가의 노예가 되어 평생 마이너스 인생을 살았을 거다. 밀림이 연애 게임이라면, 삶은 지난한 생존 게임이었다. 겨우 열여섯 주제에 어떻게 아냐고? 열여섯에 이르기까지 쓸데없이 너무 많은 걸 겪었다.

"경훈아. 네가 뭐라고 떠들든 아무도 믿어 주지 않을 거야. 게임은 끝났어. 승자는 나야."

나는 B스팟 대신, 그가 내놓은 신선한 오렌지주스를 마셨다. 오래 살 거야. 나의 공모자와 함께.

GAME OVER.

STAGE. 3

작가의 말

여러분, 제가 돌아온다고 했지요?(《빌런》 앤솔로지 작가 후기 참조)

반갑습니다. 허구의 세계에서 허구의 인물들과 씨름하느라 늦었습니다. 한창 붐이 일기 시작한 메타버스를 소재로 이야기를 만들어 나갈 수 있었던 건 제가 주로 망상, 허구, 가상 세계 속에서 살기 때문인 것 같습니다. 그 세계는 석영에게 그랬듯이 제게도 또 다른 도피처이자, 마지막 구원의 섬처럼 느껴집니다.

이 소설 집필을 시작했을 때는 빨리 쓰고 싶어 손가락이 간질거렸습니다. 초반에는 정신없이 타이핑을 하다 보면 점점 제가 아닌, 누군가에 의해서 이야기가 쓰인다는 생각이 들 때가 많았습니다. 아마 콧대 높은 우리 고다미 씨였겠죠. 그래서 쓰는 동안 창작의 고통보다는 즐거움이 더 따랐던 작업이었습니다. 소설이란 세계에서 잘 놀고 있으나 잘 쓰고 있는지 의심이 들 때가 많습니다. 저는 타고난 길치라서 글 속에서도 여전히 잘 헤맵니다. 중간에 길을 잃을 때마다 '여기라고. 이 정신 나간 작가야.' 하고, 힌트를 건네준 안전가옥 PD님들께 감사 인사를 드립니다. 초기 기획을 함께한 반소현 PD님과 누구보다 다정히 제 작품에 대해 함께 고민해 준 김보희 PD님, 꼼꼼한 교정으로 제가 무릎을 탁 치게 만들어 준 이혜정 편집자님 감사합니다.

다미와 석영, 그리고 초코페까지 몇 달 동안 품었던 인물들을 이제 보내 줘야 할 때가 온 것 같군요!

작가의 말

어떤 인물도 애정 없이는 쓸 수 없었습니다. 에리카, 키미까지도요. 그들과 함께 사는 동안 행복했습니다.

새로운 아이디어가 떠오르면 전화해 "이런 얘기 어때?" 하고 늘 미끼를 던져 주는 친구 BH, 고맙다. 올해도 가상 세계에서 주로 살게 되겠지만, 현실 세계에서 조금 더 인간다운 작가가 되도록 노력하겠습니다.

2023년 3월
김달리

프로듀서의 말

'밀림의 연인들'이란 제목을 보고 책을 선택하신 독자분들이 지금 어떠한 감정을 갖고 계실지 정말 궁금합니다. 로맨스 소설로 오해하셨던 분들도 꽤 계시지 않았을까 싶어요.

　김달리 작가님과의 작업은 늘 '예상을 깨는' 즐거움으로 가득했습니다. 《밀림의 연인들》의 대표 매력을 다섯 손가락으로 꼽아 보겠습니다. 현실 세계와 비슷한 듯 다른 '밀림'이란 가상 공간, 남들은 멋진 집이라 추켜세우지만 정작 집주인 고다미는 망가뜨리고 싶어 하는 '고다미의 집', 다미 남편의 불륜 상대인 초코페와 다미의 위태로운 관계, 어른들보다 더 어른 같은 초영, 석영보다 더 다미의 마음을 잘 살피는 키미! 아, 손가락이 다섯 개밖에 없다는 것이 안타깝습니다.

　《밀림의 연인들》의 초기 기획 당시에는 김달리 작가님을 늘 화상 미팅으로 만나 뵈었습니다. 컴퓨터 모니터로 작가님을 만나서 《밀림의 연인들》 이야기를 할 때마다 뭔가 묘하게 재미있었어요. 김달리 작가님이 실재하지만, 실재하지 않는 것 같았거든요. 작가님께서 본 원고 집필을 시작할 무렵 직접 만나 뵙기로 하고 지하철역 앞에서 기다리는데 정말 설레었습니다. 석영이 초코페를 실제로 만나려고 했을 때 설렘을 느꼈던 것처럼요.

　이야기를 개발하는 동안 저는, 비정상적인 방법으로 석영의 사랑만을 갈구하는, 엄마가 되려 했지만 그럴 수 없었던 다미를 보며 함께 무너졌습니다. 부모님에게 안락한 집을 선물하려 노력했던 석영의 착한 마음이 다미에 대한 열등감으로 변질되고, 결국 그가 파멸하는 모습에 가슴이 아팠습니다. 다미와 석영을 자신의 부모로 선택하고 싶어 친부모 청부 살인을 계획하는 초영이가 불쌍했습니다. 세 인물은 어딘가 어긋나 있지만 사랑할 수밖에 없었습니다. 가끔 다미, 석영, 초영이가 그리울 때 책을 펼쳐 봐야겠습니다.

《밀림의 연인들》은 저의 첫 프로듀싱 작품입니다. 마지막 원고를 받은 날, 오랜만에 뭉클함과 설렘, 벅차오르는 감동을 동시에 느꼈습니다. 20대 초반, 처음 스태프로 참여했던 상업영화의 엔딩크레딧을 보는 기분이었습니다. 오래전에 느꼈던 감동을 다시 생생하게 선물해 주신 김달리 작가님께 깊은 감사 인사를 드립니다.

김달리 작가님의 다음 이야기들이 벌써 보고 싶습니다. 또다시 제가 김달리 작가님의 '첫 번째' 독자이자 관객이 되면 좋겠다는 생각과 함께.

2023년 3월
안전가옥 스토리 PD
김보희 드림

밀림의 연인들

지은이	김달리
펴낸이	김홍익
펴낸곳	안전가옥

기획	안전가옥
콘텐츠 총괄	이지향
프로듀서	김보희
	고혜원 · 신지민 · 윤성훈 · 이수인
	이은진 · 임미나 · 조우리 · 황찬주
퍼블리싱	박혜신 · 임수빈
편집	이혜정
디자인	금종각
서비스 디자인	김보영
비즈니스	이기훈
경영지원	홍연화

출판등록	제2018-000005호
주소	(04779) 서울특별시 성동구 뚝섬로1나길 5, 헤이그라운드 성수 시작점 201호
대표전화	(02) 461-0601
전자우편	marketing@safehouse.kr
홈페이지	safehouse.kr
ISBN	979-11-93024-10-2
초판 1쇄	2023년 5월 24일 발행